隠れた編集者

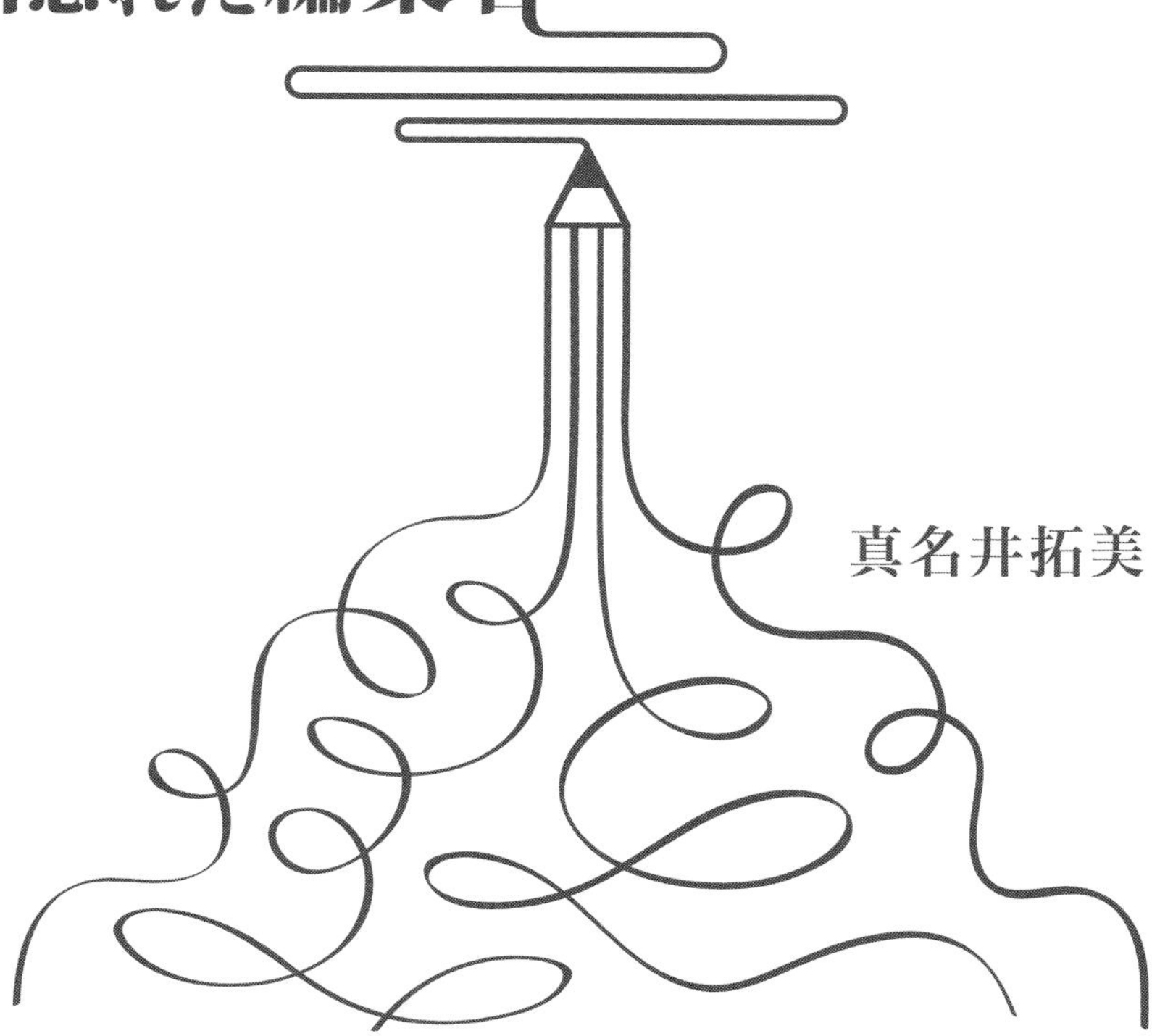

真名井拓美

明窓出版

隠れた編集者　目次

前世と加賀藩

『凝集するシンクロ～神奇集3』所収の「高尾博士とのメール交信から」では、私と加賀ないし加賀藩に何らかのつながりがあると思えると書いた。同様なつながりは、高尾博士や産科医で胎児記憶の調査研究者の池川さんからも窺えた。それで、このつながりに関与しているのは、加賀地方がお膝元である白山のククリヒメではとの推測を書いた。

これに関して博士は、夫人で日本画家の上野ヤス子さんが人体ゼロ場判別法なる方法で鑑定すると、私はかつて加賀藩の藩校の校長で、博士は軍師、池川さんは藩医だったと出たという。

私は二、三十年前のことを思い出した。当時交流していた占星学研究家のSさんが私を鑑定して、前世で寺子屋のようなところで教えていたと言ったことがあった。Sさんが感動してそう言ったのを思い出す。Sさん宅で雑談するうちにそんな流れに自然となったので、私から鑑定を望んだのではなかった。

上野さんはご自身について人体ゼロ場判別法を用いてみると、何と加賀藩の藩主だったと出たという。何度やってみてもそうなったという。私は人体ゼロ場判別法とは具体的にどんな方法かを博士にメールでお訊ねしたが、予想した通り、説明は簡単ではないようだ。

私は自分が加賀藩の藩校の校長だったとして、どの藩主に仕えていたことになるかネットで調べてみた。「近世越中国の学問・教育と文化」第一章「加賀藩と富山藩の藩校・教官」というのがあった。藩校が出来たのは寛政年間、藩主治脩《はるなが》の命で、学頭として朱子学者新井白蛾《はくが》が招かれたが（名前からして新井白石の縁者か）、開校からわずか二ヵ月で病没したとあった。

何だか最初からケチがついたみたいで、それ以上追究する気がほとんどなくなった。白蛾の没後は長谷川準左衛門が学頭格となったとあったが、あまり感情も心も動かなかった。学頭ないし校長の名はそのあと特記されていなかったので、やめにした。

じつは前世にあまり関心がない。前世と今生の中間と言える胎児期に長年関わってきたのが大きいのかもしれない。前世があると信じていないからではない。前世があると想わざるをえない経験をしたこともある。一つは赤ん坊時代の経験だ。

おそらく眠っている間に抱き上げられたのだろう、私は目を閉じたまま母親の乳を飲み始めていたが、やがて目を開いた。そのときが母親の顔を見た最初だった。目が最初に開いたときのことは『胎児の記憶』（三一書房）所収の「新来者」で書いたが（朝方で、部屋にはほかに誰も居なかった）、そのときから何時間も経っていなかっただろう。一、二時間後だったのではないか。

赤ん坊の私は意外さに呆然となった。それまでの日々、目を閉じて乳を飲みながらイメージしていた母親の顔と、現実に目の前にある顔とのギャップがあまりに大きかったからだ。イメージしていた顔は、鼻の高い、起伏もある顔だったが、目の前にあるのは鼻が低くて全体が平べったい、モンゴリアンタイプの顔だった。赤ん坊の私はその顔の上に、ずっとイメージしていた鼻の高い、起伏もある透明な仮面のようなひろがりがうっすらとかぶさっているのが見えた。

この記憶は、私の前世（たぶん直近の前世）は外国人――アジア人ではなく西洋人だったことを示しているだろう（インド人などもそれに含まれるかもしれないが）。子どものころは味噌汁や漬物や醤油が嫌いで、肉ばかり食べていたのも直近の前世の食習慣から来ていたのだろう。紅茶好きであり、あるタイプのイギリス人女性を映画などで見ると、淡い懐旧の念のようなものを覚えることからイギリス人だったのではと思っている。

出口京太郎著『巨人　出口王仁三郎』（講談社）だったと思うが、道徳的に一番信用が置けるのは日本人だと王仁三郎が言っていたというのを二十代のころ読んで、ちょっと嫌なような反応が内心に起きたことがあった。反発感も混じっていたようだ。なぜかは考えなかったし、特別気にもならなかった。

何十年も経った近ごろになってようやく、その理由が判ってきた。外国人だった自意識が心底に残存していて、そのプライドが刺激されたからだろう。二十代のころは外国人意識が残存していたが、高齢になってその意識がほとんど消えたからでもあるかもしれない。

Fさんの手紙

『凝集するシンクロニシティ～神奇集3』でコメントを使わせていただいたAさんに一冊お送り

するために送り先を調べると、版元の明窓出版と同じ中野区本町だった。地番は二−二十八−一一で、私の誕生日二月二十八日と数霊シンクロしていた。また、武蔵野市吉祥寺南町の友人への一冊を封入したしばらくあと、他の献本先を調べると吉祥寺南町だった。

これらのシンクロニシティを高尾博士にメールでお知らせした数時間後、久しぶりにBSの映画を観た。ドナースマルク監督の「ツーリスト」。開始からほどなくヒロインがパリのリヨン駅から乗る列車の出発時刻が八時二十二分で、私の誕生日二月二十八日と数霊シンクロした。その日九月十二日は亡祖父の誕生日であり命日でもあった。

洋画家の千木良さんからは、こんなお礼のメールがあった――十年ほど前、山梨の塩山市に行ったとき、土地の若者に案内された山中に小さな神社があった。瀬織津姫《せおりつひめ》という、知らない神を祀っていたが、それきり忘れていた。『凝集するシンクロニシティ〜神奇集3』で瀬織津姫のことが書かれていたので「懐かしいやら、驚くやら」だった、と。

医学者の池田史郎さんに送った一冊は、無住ということで青森の郵便局から戻ってきた。池田さんにメールすると返信があった。千木良さんからのメールの三日後だった。何と池田さんは青森県から山梨県に引っ越したというのだ。千木良さんのメールも山梨でのことだった。山梨シンクロだった。

献本したFさんからの礼状には、シンクロニシティが立て続けにやってくるのは「そのままでOK！」の意だと書いてあった。まさに以上のシンクロニシティにあてはまるようで、（なるほど）

と思った。

そのあとFさんの手紙の消印を見ると九月十三日だった。池田さんからの返信があったのも九日十三日だった。

『凝集するシンクロニシティ~神奇集3』ではFさんからの情報をかなり使わせていただいた。それで一冊お送りしたわけだが、Fさんからの礼状には、Fさんに頻発したタツノオトシゴのシンクロニシティに関連したカラー写真コピーや、Fさんの知人のKさんが作成したタツノオトシゴの小さなストラップなどまでも同封されていた。

Fさんからの封筒や便箋は、とても心地よい暖かいものをまとっていた。Fさんの気が転移していたのだと思う。とくに封筒は、定形外の少し大きめの封筒だったが、暖かい気体状のものが全体を包装している感じだった。気体状のものは二センチほどの厚みを帯びたまま、立ち消えることなく穏やかに存在し続けていた。厚みは黄金色の輝きを帯びているかのようだった。

そんな封筒の、半ば目に見えるかのような状態は何日か持続した。私はパソコンのそばの台上に置いて、ときどきその快さを感じ取った。

Fさんは整体師で、福岡で開業している。高尾博士は七十代前半だが、月に一度Fさんの店に通っている。二年前お目にかかったとき、博士の姿勢や身のこなしの軽さはFさんの整体に負っているように思えたことがあったが、その思いの妥当性を今回告げられたように思った。

いまFさんの手紙を久しぶりに手にしてみる。受け取ったのはちょうど一ヵ月前だが、まだ微かに暖かみが残っている感じがする。

加賀藩つながり

「前世と加賀藩」で書いたように、加賀藩の藩校についてネットで調べると、最初の藩校は寛政年間に出来たとあった。そのことを書いて二、三日して思い浮かんできたことがあった。寛政の改革をおこなった松平定信のことだ。

半世紀以上前の中学生のころのある日、休日だったと思うが、表具師の祖父は父を手伝わせて襖の張替えをしていた。大口の依頼だったらしく、仕事場はもちろん、隣の茶の間との間を開け放して襖を並べて立てかけてあり、破り剥がした大量の古い襖紙が祖父と父の足元に積もっていた。

二人に近い位置の仕事場に長持が置いてあった。祖父が町に家を構えたとき山間部の本家から持ってきた物だった。二階の奥の部屋に二、三箱あった。どの長持も日記や覚え書の類が記された和紙の古い巻紙でいっぱいだった。祖父はこの巻紙を襖の下張りに使っていた。

中学生の私は、蓋を外してあった長持から巻紙を一つ取り、何が書いてあるか読んでみた。前にもそうしたことがあったが、字を崩してあったので歯が立たなかった。見る巻紙見る巻紙がそうだった。しかしそのときは読みやすい字で、松平定信公が河川工事中だった大川を視察したと書いてあったのだ。重要人物に関することだけに、書き手は崩さず丁寧に書いたのだろう。

大川とは、町のほぼ中心部を流れる、幅十メートルあるかないかの川だ。中学生の私は、江戸時代も大川と呼ばれていたのかと感動していると、忙しさに苛立った祖父に、早くそれを寄越せと言われるまま渡した。それは、あっという間に襖の下張りにされてしまった。

あのとき、松平定信のことが記された巻紙を手に取ったのは偶然だったのかと思う。守護神の類が中学生の私にその巻物を取るよう無意識のうちにささやきかけていたのではと思うのだ。それに、定信の大川視察のことは巻紙を幾らも繰らないうちに目に入ってきたのだった。

さて、大川のある地区や現在の町のかなりの部分はかつて天領だった。細長い能登半島の奥地にまで幕府が加賀藩への監視を行き届かせるためだったのだろう。

祖父の本家の地区もやはり天領だったろう。天領だったからこそ定信はわざわざ能登まで足を運んだのだろう。また、江戸期の本家は地区の庄屋格だったが、長持の巻紙には男が書いたのと同じほど多く女の手跡の巻紙があった（こちらも崩し字だった）。当時としては珍しく夫婦とも字が書けたわけで、彼らが土地の者だった可能性はきわめて低い。私は祖父が先祖のことを言うのを聞いたことはなかったし、実の娘である母もそうだったらしいが、幕府から派遣されたよそ者だったのだろう。二階にあった長持の蓋を中学生の好奇心で初めて開けてみたとき、書いた人の重苦しいような感情が大量の巻紙から伝わってくるように感じたことがあった。能登の片田舎に逼塞《ひっそく》させられていた人の鬱積した思いが残存していたのだと思う。

ひょっとして、この先祖と定信は何らかのつながりがあったのか。だからこそ定信は、天領だったとはいえ遠い能登にまで足を運んだのかもしれない。

興味深い事柄が想像されてくる。

金沢の兼六園は、中国の「洛陽名園記」に挙げられている宏大《こうだい》・幽邃《ゆうすい》・人力《じんりょく》・蒼古《そうこ》・水泉《すいせん》・眺望《ちょうぼう》の六つの要素を兼備しているとして定信が名づけたと言われている。おそらく定信が実地を観ての命名だっただろう。それは定信が大川の河川工事を視察した時機と同じだったのではないか。金沢に来たあと、能登の天領まで足を伸ばしたのではなかったか。

その際、定信には加賀藩士も少なくとも一人か二人は随行しただろう。近年になってたまたま、こんな事実を聞いた。太郎衛門と呼ばれた祖父の本家は加賀藩士に気に入られてその苗字をもらい、馬も一頭もらった、と。

苗字を許されたのは明治になってからだが、そのきっかけになったのは、大川の視察後の定信や加賀藩士に対しての太郎衛門夫婦の供応だったのではないか。供応の後は定信・加賀藩士ともども天領下の太郎衛門屋敷に一泊したのではないだろうか。加賀藩士は太郎衛門夫婦の教養にも感心し、それも自分の苗字を後代に与えることにつながったのではないか。

ただ、定信は兼六園の命名者ではなく、加賀藩主から揮毫《きごう》を求められただけとの説得力ある説がある。定信の日記を研究している金沢在住の夫婦が近年発表しているようだ。兼六園と命名したのは、前田家と姻戚関係にあった摂家であるようだ。

そうだとしても、また、あの襖の下張りはとうに失われてしまっているにしても、定信が大川の工事を視察したのは私にとって史実であることに変わりはない。定信が金沢に寄ったのは、大川の工事を視察する前と後の二度だったのではないか。その二度のどちらかのとき揮毫を求められ、それが定信命名説を産み出す元になったのではないだろうか。定信がそのときとは別にもう一度金沢を訪れたことがあったとは、あの時代として考えにくい。

定信が大川を視察したのは何年ころのことだったかは分らない。あの巻紙に書いてあったかもしれないが、中学生だった私の目には入ってこなかった。定信が寛政の改革をおこなった老中の職を退いてからだったのは間違いないところだろう。定信が兼六園の揮毫をしたことは、彼の一八二二年の日記に書いてあるらしい。武士以外に苗字が許される明治維新まで四十五、六年だ。

定信の日記には、揮毫するとき、兼六の意味を家来に聞きに行かせたとあるらしい。そのとき定信はどこに居たのか。随行した家来とともにやはり金沢に居たのではないか。とすると、定信が大川を視察したのは一八二二年ということになる。

加賀藩の藩校が開校したのは寛政四年（一七九一）だ。加賀藩士が定信に随行した時期の藩校の学頭が前世の私だったとしたら、かなり面白いことだ。

長持の巻紙については、こんなことも思い出す。やはり中学のころだった。夏の盛りだった。梯子段で二階へ上る途中、革靴の音をたてて早足で玄関の土間に入ってきた大人の来訪者があった。

よそから来た感じだった。明るい色のスーツ姿で、面長の顔は上気して汗ばんでいた。彼の立っていた位置からは、数メートル先の薄暗い茶の間の囲炉裏端に坐っていた祖父が見えたのだろうか。「この家には古い書き物があると聞きましたが見せていただけないでしょうか」と声をかけた。

祖父はやんわりと「そういうの、うちはやっとらんげわ」と返答した。相手はハッと目を瞠《みは》り、表情もこわばった。が、すぐに気を取り直し、わかりましたとあっさり踵を返し、コンクリ地面が白くまぶしく照り返している屋外へ出て行った。

もう十年くらい前になるか、その二、三年前に世を去った網野善彦の『日本の歴史をよみなおす』（筑摩書房）を読んでいると、能登の時国家《ときくにけ》に残る襖の下張りからは色々と重要な史実が読み取れると述べてあった。

著者の網野は私より二十二歳年長だった。あのときの来訪者は三、四十代だったから、当時の網野の年齢とほぼ合っており、顔立ちも似ていた。あのときの来訪者のヘアスタイルも、写真で見る晩期の網野と似ていたから、若き日の網野だったのではと思っている。

面白いシンクロに気づいた。前回の「Fさんの手紙」で、池田史郎さんと千木良さんに関連して山梨県シンクロがあった。網野も山梨県生まれなのだ。このシンクロは、半世紀前のあの夏の日の来訪者は網野だったと示唆しているように思われる。

まだある。三年前に出した『神奇集2』の「五月二八日のシンクロニシティ」では中沢新一にまつわるシンクロニシティについて述べた。このシンクロについては、『神奇集2』の翌年に出した『凝集するシンクロニシティ〜神奇集3』でも言及した。その中沢の叔父が網野本人なのだ。中沢も山梨県生まれだ。

また、千木良さんの山梨県シンクロの中心を成していたのは瀬織津姫だった。『凝集するシンクロニシティ〜神奇集3』で中沢にまつわるシンクロニシティに言及したのは「瀬織津姫2」だった。

みちづれ

「加賀藩つながり」を書く間、三浦哲郎の『師・井伏鱒二の思い出』(新潮社)を並行して読んだ。残りのページが少なくなったころ思い出されてきたことがあった。一介の学生だった三浦の習作中の一行「死がこわいんじゃなくて、死の呆気なさがこわい」を井伏が羨望したと言った箇所があった。井伏が三浦に目をかけるきっかけになった習作で、「遺書について」という題だった。それほど羨望するような一行だろうかと思った。

しばらくして思い出した。三浦の身内は確か二人までも自殺したというのをかつて三浦作品で読んだことがあった。一方、井伏と親しかった太宰治も自殺していた。太宰も三浦も青森県出身だ。「遺書について」には、三浦は青森県出身であることも身内の自殺のことも書かれており、そこから井伏は太宰との因縁を感じたのではと思った。太宰の「死の呆気なさ」が思われ、親しかった太宰の自殺事件との共振が井伏の内部で起きていたのではと思った。

太宰も三浦も青森県出身だったというのは青森県シンクロだ。するとこれは私が前回書いた文章ともシンクロしてくるのだ。前回、千木良さんと池田さんに関連して山梨県シンクロが起きたと書いた。それと、太宰と三浦の青森県シンクロは県シンクロしていると見ることができる。だが、それだけではない。千木良さんと山梨県シンクロを成した池田さんは、青森県から山梨県に引っ越したのだったから、太宰と三浦の青森県シンクロにも連なることになる。

ところがだ。「遺書について」は改稿されて「十五歳の周囲」と題されたが、それを読んでみると三浦の身内の自殺のことなど一言も書かれていなかった。三浦が青森県出身であるとも書かれていない。

そうすると、青森県シンクロや県シンクロはどうなるのか。何の意味もないということなのか。

井伏は三浦の「遺書について」を読んだころスランプに陥っていた。それを読んだおかげでまた書けそうに思えてきたと学生の三浦を自宅に呼んで言った。同席していた二人の作家はその言葉に驚き、一人は「誰かの作品をあんなに熱っぽく話されるのを聞いたのは初めてだ」と言った。井伏本人も意識することのなかった彼の心底で、親しかった太宰の自殺と三浦の身内の自殺との共振が働きかけていたようにやはり思える。少なくとも、三浦と太宰が青森出身であって、身内や本人が自殺しているという事実は消えない。

かつて私が読んだ、身内が自殺したことに三浦が触れた作品は、調べてみると短篇「恥の譜」だった。三浦の姉二人が自殺していた。一人は服毒、一人は入水だった。

三浦に『短篇集モザイク』（新潮社）と題された、後期から晩期にかけての短篇群がある。『みちづれ』『ふなうた』『わくらば』の三冊から成る。全部で五九篇。途中物足りなさを感じたこともあったけれど、短篇小説が好きなので、何年か前に全部読了していた。今回、最晩年の未刊の三篇があると知り、それも読んだ。

物足りなさを感じたのは、端正な造りにもかかわらず、その端正さ・美しさはあくまでユークリッド幾何学的なそれであり、見えない世界や超感覚的世界とのつながりがまったく見られなかったからだった。ユークリッド幾何学的でない領域とリンクすることのない枠組み内での端正さ・美しさなのだった。『短篇集モザイク』に限らず、三浦の長篇小説（一つも読んでいないが）にもおそらくあてはまるだろうが。

この枠組みはいまや、三浦の心に深いトラウマを残した姉たちの自殺と微妙な関係を保っていたように見えてきた。三浦のユークリッド幾何学的作品は、ほとんどの作家がそうであるように元々の資質に由来したものだろう。だが、三浦に深いトラウマを与えた二人の姉の自殺が、三浦にユークリッド幾何学的でない領域に接近させなかった面があったのではないかと思えてきた。彼のユークリッド幾何学的作品は、トラウマと距離を取って心のバランスを保つ役を果たしてもいたのではないか。私が物足りなさを感じたのもその点に感応していたからなのかもしれない。なぜなら、ほかの作家のユークリッド幾何学的作品（大半の作品がそうだが）を読んでも三浦作品に対してのように物足りなさを感じなかったのだから。

そんなことを考えるうちに、ユークリッド幾何学的でない例外的な一篇が三浦にあったと思えてきた。女の亡霊のイメージが浮かんできて、それは作中に出てきたように思えてきた。もしそうなら、三浦作品は見えない世界や超感覚的世界とのつながりがまったくないという前言は訂正しなければならない。また、この女の亡霊は、三浦の自殺した姉につながる登場人物ということになると思った。

記憶は薄れていたが、確かそれは青函連絡船を舞台にした作品だった。『短篇集モザイク』中の一篇にあったように思い、調べてみると、『みちづれ』所収の表題作「みちづれ」だった。

「みちづれ」は「彼」の視点から語られていた。だが、女の亡霊は出てこなかった。出てきたのは、青函連絡船から投身自殺したらしい身内を慰霊する老婦人だった。一方、「彼」にも連絡船から投身自殺した身内が居る。「彼」は、遺体が揚がらなかった海峡を身内の墓場と思いなし、毎年命日前後に海峡を訪れて花を投げ落とす。老婦人も「彼」が持っているような花の包みを持っており、しばらく経って「彼」が老婦人を見たとき老婦人の手から包みは消えていた。作者は、「彼」と老婦人は連絡船上のみちづれだと書いている。

女の亡霊のイメージが私に浮かんできて、そんな亡霊が作中に出てくると思ったのは、作中の「彼」の自殺した身内と三浦の自殺した姉とが心底で混交したからだったろう。死者である三浦の姉に由来するものを「みちづれ」から受け取っていたからだろう。だとすれば、それを誰よりも濃く受け取っていたのは作者三浦だったにちがいない。言い換えれば、「みちづれ」を書いたときの三浦に、死者はそれまでになく強く働きかけていたのではないだろうか。

「みちづれ」の「彼」の身内への慰霊には、三浦の自殺した姉たちへの慰霊が籠められていたのは間違いないだろう。文学的回向《えこう》と言うべきかもしれない。だが、それだけだっただろうか。

『短篇集モザイク』全篇での「みちづれ」の配置に注目しよう。それは『短篇集モザイク』の開始近く、二番目に置かれている。最初の一篇はユークリッド幾何学的な一篇だ。つまり、それと次の「みちづれ」においてユークリッド幾何学的一篇と、死者である作者の姉が潜在している一篇が対置されている。文学的回向ないし慰霊にとどまらないものがこの対置にあるように感じられないだろうか。

それが何かは明確に言うことはできない。だがそれは「みちづれ」一篇だけにあてはまるのではなく、その後の『短篇集モザイク』全篇を通じて彼に作用し続けていたように思う。それは、非ユークリッド幾何学的次元から三浦にもたらされた力だったように思われる。その力は『短篇集モザイク』制作を通して三浦のまさしくみちづれになっていたのではないだろうか。私に見えてきた女の亡霊のイメージは、三浦にアプローチしていた姉の霊をテレパシー的に感じ取った結果だったのかもしれない。

以上の文章を書く途中、ネット検索して気がついたことがあった。三浦の誕生日は三月十六日で、私の亡祖母の命日と同じだった。このシンクロは、生と死を統合する次元の存在を感じさせないだろうか。ジョン・C・リリー博士は、宇宙（可視宇宙と不可視宇宙を合わせた宇宙のことだろう）にはシンクロニシティをコントロールしているオフィスがあると言った。このシンクロもそうしたコントロール下で生起したと想像してみるのは大事なことのように思う。このシンクロには死の要素が関与している。三浦の「みちづれ」にも同じ要素がある。

そう考えると、前に挙げたシンクロにも死の要素があったと連想されてくる――井伏と親しかった太宰の自殺と三浦の姉の自殺のシンクロだ。三浦と太宰が青森出身だったシンクロがそれに絡んでいた。

井伏が「遺書について」に感銘して一介の学生だった三浦を自宅に呼んだのは、太宰の自殺から七年後のことだ。『師・井伏鱒二の思い出』では、それは六月のことだったと書かれている。太宰の命日は六月十三日だ。これは、現界の井伏と霊界の太宰がつながり合っていた暗示のようではないか。

こんなエピソードが『師・井伏鱒二の思い出』で記述されている。芥川賞を受賞したあとの三浦は何年も沈滞していた。受賞作をほめた選考委員作家のイヤミな表現も聞こえてきた。沈滞を破るつもりで書いた「結婚」もかんばしくなかったが、川端康成は好意的な手紙を書いて三浦に送った。三浦は手紙を師の井伏に見せたが、井伏は中身については一言もなく、そっけない反応だった。

その後三浦は、井伏と長い付き合いのあった先輩作家から、井伏は川端にあまり親密な気持を抱いていなかったと教えられ、川端の手紙を井伏が見たときの「どこか冷ややかで揶揄的だった」反応を思い出した。

このエピソードは、芥川賞選考委員だった川端の、太宰に関する有名な選評を思い出させる。作品でなく私生活を批判して太宰作品を退けた選評だ。この件に対して井伏にくすぶり続けていた感情が川端の手紙に対するそっけなさとなったのではないか。よく知られているように太宰は芥川賞を欲しかったが、結局授賞されなかった（川端はといえば、おそらく太宰の死後に生じた彼に対する負い目を、沈滞していた三浦に手紙を書くことで幾分かなくそうとしたのではないか。その際川端は三浦と太宰は青森県人と知っていただろう。太宰と同じく自殺した身内が三浦に居たと知っていた可能性も充分ある。後に川端自身が自殺者となった）。

このように見てくると、同じ本で記述されている、三浦の作品が芥川賞を取ったときの井伏の振舞いにも太宰の影が差していたかのようだ——井伏は選考委員の一人になっていたが、選考会には出ずに取材旅行に行っていた。旅先のテレビが三浦の受賞を知らせると、井伏は横に居た編集者の肩をぽーんと叩き、そんなことをしない人だと思っていた編集者をびっくりさせたという。

『師・井伏鱒二の思い出』が刊行されたのは、三浦の死後だった。世を去って四ヵ月後だった。また、三浦は百篇を目標に『短篇集モザイク』を書き始めたが、六十篇を越えたところで世を去った。

こうした事実には、あらゆる現象の基盤は霊界にこそあるという情報が含まれている感じがする。

以上を書いて二、三日して思い出した。三浦哲郎の誕生日と私の祖母の命日が同じである点に関してだ——祖母が産んでごく幼いころに病死した男の子の名前は哲朗だった。

付記

その後、高尾博士から貴重なご指摘をいただいた。太宰の命日六月十三日は、三浦の誕生日であり私の祖母の命日である三月十六日と数霊シンクロしているのだ（もう一つ。太宰の誕生日は老母の誕生日と同じだ。この本の原稿を版元に送る二、三週間前、老母とテレビを観ていて知らされた）。

ブルックナーのゼロ場

これまで聴いたうちで最も印象深かった楽曲は何だったかと言えば、ブルックナーの宗教曲「テ・デウム」だ。オーケストラと合唱のための曲。

最初にそれを聴いたときの経験（四十年前のことだ）については拙著『胎児の記憶』所収の「天

界の音楽」で書いたが、そこで挙げたヨッフム＝ベルリン・フィルの演奏を一、二年前ＹｏｕＴｕｂｅで見つけて以来、「お気に入り」に入れ、たまに聴いていた。

きのう思いついてまた聴いてみた。ヨッフムの演奏では「テ・デウム」は二十二分ほどだが、この曲のこのごろ最も惹かれているある箇所だけをヨッフム以外の色々な演奏で聴いてみようと思った。

十種類以上聴いてみたが、やはりヨッフムが一番だった。「お気に入り」に入れてあるのは六十五年の演奏で、それが四十年ほど前にＦＭで初めて聴いた演奏だった（レコード録音での演奏）。ほかに同じベルリン・フィルとの協演で五十四年、六十六年、七十八年とあったが、やはり六十五年が一番だった。視聴回数もダントツに多かった。

このごろ最も惹かれている箇所というのは、その演奏で言うと、音の移り変わりだった。八分四十七秒からは、Ａｅｔｅｒｕｎａ ｆａｃと呼ばれている楽節が始まる。そのあたりの箇所の何に自分は惹かれているのか吟味してみた。

Ａｅｔｅｒｕｎａ ｆａｃの楽節は曲の切れ目のあとに来るので、直前には沈黙がある。二秒ほどの休止のあと、オーケストラの合奏が湧き起こる。湧き起こる際の呼吸がすばらしい。湧き起こり方がすばらしい。湧き起こった音の輝かしさもすばらしい。

そんなふうに思ってきてハッと思い当たった――（ゼロ場だ！）

ヨッフム＝ベルリン・フィルの六十五年の演奏を通して、その箇所についてさらに考察してみた。

開始から八分四十四秒後の最初の曲の切れ目のあと、Ａｅｔｅｒｕｎａ ｆａｃが始まるまでの二秒ほどの休止。そこから音が出る直前に感じられる微妙なトーン。それに惹かれていたのだ。無音と有音の境目にある一種の〈音〉から連繋して普通の音が出る仕方に惹かれていた。

おそらく、ゼロ場での量子的な音が普通の音に遷移していく瞬間的経過に聴覚が感応していたのだ。上位次元から到来する〈音〉がゼロ場を介して顕現する際の一種の〈音〉に。

二十代のころ最初にＦＭでこの箇所を聴いたときも、音群が遠くから来る感じを受けていたのが思い出されてきた。四十年も前のことなのに、あのとき四畳半の部屋でこの箇所の演奏から受けた独特な充溢《じゅういつ》感がかなりはっきりよみがえってきた。「天界の音楽」で書いたように、あのとき天使群のようなイメージが浮かんできた点についても整合性が見えてきた。音は、不可視の上界からもたらされるのだろうから。神智学では音はエーテル界に属する。

「天界の音楽」では、「テ・デウム」でときどき繰返される短い主題が印象強かったと書いた。その主題は、独特に脈動するような四連音だ。この脈動的音型も、四連音の終わりで必然的に生じる瞬間的休止をより印象づけ、ゼロ場や音の量子性を垣間見せる（いや、垣間聞かせる）だろう。この四連音は三、四回連続して繰返されるから、その都度瞬間的休止も繰返される。この四連音の繰返しが天使群的イメージを与える役割を果たしているとは、あの当時も自然と感じていた。

ブルックナー休止と呼ばれる、ブルックナー独特の、ほかの作曲家には見られない作曲法がある。彼の主たる作品ジャンルである交響曲によく見られる。楽章の切れ目でもないのに二、三秒の休止が来る。全曲を通して何度かある。曲が終わったかのような感じにさせられ、なかなか慣れることができなかった。「テ・デウム」のＡｅｔｅｒｕｎａ ｆａｃの開始直前の休止も本質的にブルックナー休止と言えるだろう。

十九世紀のブルックナーは、ゼロ場の量子的な音を、半意識的だったろうが、おそらく聞き取っていたのだ。彼が半意識的に聞き取っていたものの半意識的表現がブルックナー休止だったのだ。

以上のように書いてきて思うのだ——きのうヨッフムやほかの指揮者のＡｅｔｅｒｕｎａ ｆａｃの演奏を何種類も聴いてみようと思ったのは、そう誘引《ゆういん》されたからではないか。誘引されて以上のような考えに導かれたのではと。何に誘引され導かれて？ たぶん、見えない存在によってだ。

Ａｅｔｅｒｕｎａ ｆａｃでの歌詞の意味は、私たちを諸聖人のように永遠に続く栄光のなかに加えたまえというような意味だ。普通なら切実な願いと取るだろうが、私は（虫のいいことを……）と思うタイプだ。キリスト教の布教活動の反映を見るようにも思う。「信じるものは誰も皆救われん」、信じれば諸聖人の列に加えられるというわけだ。

ブルックナーはとても信心深い人だったようだから、そんなスレた考えは持たなかったろうが、私はこれまでずっと、歌詞など無視して「テ・デウム」を聴いていた。ヨッフムの演奏からも願望的な感じは伝わってこない。ヨッフムの演奏は、少なくともＡｅｔｅｒｕｎａ ｆａｃの開始部分は、天界のありさまがおそらくそうであるように、ただただ輝かしい。方向性が逆なのだ。一方は上界からもたらされ、もう一方は願望なので上界へ向かうわけだから。

とはいえ、そういう願望を反映しているような演奏にきのう出会っていた。Escolania de montseratの演奏だ。スペインの修道院で構成された演奏団らしい。指揮はサルヴァトール・マス。修道院のOBらしい。テンポも奏法もヨッフムとは随分異なっていたが、Aeterna facの冒頭の跛行《はこう》するような弦の演奏に胸を打たれた。二度聴いても三度聴いてもそうだった。修道院だから歌詞の内容に密着する傾向は伝統的なものなのだろう。だが、奏者めいめいの内部にある純粋性が表出されなかったなら、あれほど感動しなかったと思う。弦の音も合唱もソリストの声も澄んでいた。

高尾説的に言えば、ヨッフムの演奏はゼロ場を介して上界からもたらされるエネルギーとシンクロしていた。一方、スペインの修道院の演奏は、ゼロ場を介して上界へ向かうエネルギーと彼らの願望がシンクロしていたと言えるのではないか。

こうして見てくると、「テ・デウム」では、歌詞に対する上界からの応答が音楽として表現されているということなのかもしれない。ブルックナーは既にあった歌詞に曲を付けたのだろうから、上界からの応答はブルックナーを待っていたと言っていいだろう。

凝集するシンクロ

一昨年出た本は神奇集三部作の最後の作品で、タイトルにも神奇集3とある。「高尾博士とのメール交信から」が収録されている。博士とのメール交信が始まって三年になろうとしていたが、最初の二年から私の送信分をピックアップして適宜にコメントをつけた。

最初の三ヵ月の交信には「シンクロ的交流」の呼び名が入っていたが、その後は「シンクロ問答」と改称された。「高尾博士のメール交信から」は、本全体の分量の四割ほどを占めている。

「高尾博士とのメール交信から」の初校をしていたときだった。ある言葉をつぶやくように内心に言った。見えない誰かに何かを問われて反射的に返答したのがその言葉だったような感じだった。それとも、見えない誰かが言った言葉をただ鸚鵡《おうむ》返しにつぶやいただけだったのかもしれない。そのへんははっきり憶えていない。

その言葉は、校正していた「高尾博士とのメール交信から」の内容と合致していると思った。しかし、それ以上気には留めず、校正を進めた。

それから二週間ほどして再校の校正刷りが送られてきた。一枚のプリントが同封されていて、神奇集3をサブタイトルとし、タイトルを別に付けないかという提案がされていた。

再校を終えてから「凝集するシンクロ」というタイトルを考えた。しばらく経ってから思い出した。「高尾博士とのメール交信から」の初校をしていたとき浮かんできた言葉は「凝集するシンクロ」だったのだ。

その後、正式には「凝集するシンクロニシティ」と決まったが。

『凝集するシンクロニシティ～神奇集3』の表紙カヴァーのイラストはすばらしいものになった。中身を読まなくても一冊持っておきたくなるような美しさだ。この本で一度ならず触れられている高尾ゼロ場説の渦巻き運動が、イラストの中心に配されているのはすぐに分った。部分的に施された線描ふうの描き方も心得を感じさせ、とても魅力的だ。

最初に見てから何日か経って気づいた点があった。イラストの左端下方に、黄色い玉状の連なりが三つほど、垂直に描かれている。連なりを構成する玉状のものは発光しつつ小爆発しているように見える。これらの連なりは、かつて母親の痛む膝に手をかざして気を施したとき、手と膝の間に観えた薄赤い紐状の流動体に似ていると思った。薄赤い紐状の流動体は、高尾説で言うゼロ場の渦巻き運動が連鎖した現われにちがいなかった。

この現象の詳細は『神奇集2』の「元素転換、原子転換、量子水」で書いたが、『神奇集2』の表紙デザインも同じ作者だった。ただ、『神奇集2』では私は流動体の細かな形状までは描写しなかった。けれどもデザイナーがその描写を読み込んだ結果として、『凝集するシンクロニシティ～神奇集3』の表紙カヴァーの、黄色く小爆発しているような玉状の連なりになる素地が醸成された可能性はあると思った。

デザイナーの名は阿国よつば。つい先日、この人とのシンクロに気づいた。生協の訪問勧誘があって、一年近く前から毎週、低温殺菌牛乳を配達してもらっている。よつ葉牛乳という名前なのだ。阿国よつばさんがカヴァーデザインした『神奇集2』が出版されて二、三ヵ月後、よつ葉牛乳が配達され始めたことになる。

このシンクロに気づいて一週間あまり後、高尾博士からＳＬＪ便が配信された。そこには、博士へのＦさんのメールが紹介されていて、Ｆさんに頻発した三つ葉シンクロが披露されていた。その一つは大ヒット中のアニメ映画「君の名は。」の主役の女の子は三つ葉ちゃんであることだったが、四つ葉ちゃんも出てくるらしかった。また、先般ノーベル賞を受賞した大隅博士の趣味は四つ葉のクローバーをプレゼントすることだともＦさんは書いていた。

Ｆさんからのメールの翌日、博士は「エメラルド３３３」の普及目的で夫人と京都に行ったが、乗ったタクシーが二日続けて三つ葉タクシーだった。そのことをＦさんにメールすると、約１４４０台のうち４台が四つ葉のタクシーで、幸運を呼ぶと言われているとの返信があった。そのことは博士も運転手から聞いていた。

私はＳＬＪ便のお礼を兼ねて、よつば＝よつ葉シンクロがＦさんのシンクロとシンクロしたのを博士にメールでお知らせした。あとでその送信時刻を何となく見ると、１１月１４日１４：４１だった。四つ葉シンクロとのシンクロだと思った。

その後博士はＦさんに私のメールを転送すると、Ｆさんから返信があり、それが私に転送された。

その日何とFさんは、五つ葉のクローバーを見つけたそうで、その写真も添えてあった。それでこちらは、11月14日14：41のシンクロを博士にお知らせした。

そのあとで気がついた。送信したのは19：41だった。前回の送信時刻の41とピッタリ同じだった。

そういえば、以上の数霊シンクロは、三つ葉タクシーの台数約1440ともシンクロしている。

右の段落を書く三日前の十一月十一日、「ブルックナーのゼロ場」を書いた。一週間後の十八日には「アラバールと運命の糸」（『ハムレットと熊本地震』所収）の前半部分を書いた。後半部を書き終えたのは二十九日だった。そんなに日数がかかったのは、別のものも書いたせいもあったろうが、上述したシンクロニシティに意識が引き寄せられていたからだったと、書き終えたあとになって明確に分った。「アラバールと運命の糸」を中断して別のもの（「カミソリの錆」）を書くよう誘引されてもいた。意識の不自由さをずっと感じ続けていたが、一方でそれはシンクロニシティと呼吸を合わせ本能的に同調しようとしていたということでもあったようだ。

「アラバールと運命の糸」を書き終えたあとになって、シンクロが複合していたことに気づいた。それらの複合的なシンクロとシンクロしたことで書き終えることが出来たように思った。

「アラバールと運命の糸」のアラバールはスペイン出身だった。その前に書いた「ブルックナーのゼロ場」ではスペインの修道院の演奏会のことを書いた。スペインがシンクロしていると思った。

ぼんやりとそう思った。まだシンクロニシティから意識が自由になっていなかったからだろう。複合していたシンクロニシティが解きほぐれつつあった。

「ブルックナーのゼロ場」を書いてから「アラバールと運命の糸」を書き終えるまでの間に、上述した以外のシンクロが以下のように絡んでいた。

四つ葉シンクロのことは先述した。十一月十五日のことだった。「みちづれ」の末尾では、三浦哲郎の誕生日と私の祖母の命日が同じと書いた。祖母が産んで夭折した男の子の名前も三浦と似ていて哲朗だったと「みちづれ」の末尾に追記したが、その事実に気づいたのは十一月十七日だった（十一月十七日といえば、イエスの命日と言われている）。

この間に読んだアラバールの『大典礼』（思潮社）の翻訳者の名前も哲夫だった（利光哲夫。三浦の哲郎もてつおと読む。アラバールは一九三二年生まれで、三浦は一九三一年生まれだから一歳違いだ）。

哲郎は私の友人の名前でもある。祖母は哲朗という男の子のほかに三人産んだ。存命中の老母を除いたあと二人は哲朗と同様に幼くして亡くなったが、そのうちの一人は和也だった。和也は私の友人の名前でもある。私の二人の友人和也と哲郎もお互い友人同士だ。

以上でシンクロは終わりだと思って筆を擱《お》いた。十一月二十四日のことだった。

五日後の二十九日、池川明さんから著書『いのちのやくそく』（センジュ出版）の恵送があった。上田氏との共著だった。またも哲朗とのシンクロが起きた。祖母が産んだ子の名前は哲朗と書いて、さとしと読ませた。上田氏の下の名前もサトシだった。

また、池川さんから『いのちのやくそく』が届いたのは、「アラバールと運命の糸」を書き終えたのと同じ日だった。

池川さんから送られてきたものは、さらなるシンクロを構成していた。興味があれば、「胎児の羞恥心とフラワーレメディ」（『ハムレットと熊本地震』所収）を参照のこと。

十一月十七日はイエスの命日と書いた。『凝集するシンクロニシティ～神奇集3』の「我が内なるイエス」で書いたが、そのことを確認するため本を開くと、ちょうど「我が内なるイエス」が始まるページが開いた。イエスの命日は日御子《ひみこ》が入定《にゅうじょう》した日でもあったと言われている。

カミソリの錆

（あっ）と内心に声が出た。入浴のときだけ使っているカミソリのことで気がついた。「シックエクストリーム3」という商品で、簡便な造りのカミソリが四本入っている。数百円という安さだ。「舌とカミソリ、パジャマと電気ゴタツ」（『凝集するシンクロニシティ～神奇集3』所収）で、こんな意味のことを書いた――カミソリを使用する私の気がおそらく自然と作用した結果だろう、カミソリはなかなか錆びない。従って長持ちする。あるとき、あのカミソリは随分長持ちしているなと、入浴中でないときに思ったが、一、二日後、入浴時に手に取ると、驚くほど分厚く錆が付いていた。で、カミソリに対して生じた否定的な感情が作用してそうなったのではと書いた。この錆のありさまに関してそのとき気持が少し動いたが、それ以上踏み込むことはしなかった。

錆は全体に黄土色っぽく、刃に盛り上がっていた。液状のものが固まったあとのような、半球状の錆の粒が刃にかぶさって横並びになっていた。それを目にして私は内心に(疑って悪かったね)というような思いをつぶやいていたと思う。カミソリはそのままにしておいたが、二、三日して見てみると、錆は減っていた。減っていたが、増えていた物があった。くすんだ白色の、非常に細かい泡が集積して固まった物が大部分を占め、前よりも盛り上がっていた。両端部には黄土色っぽい名残があった。

モリアオガエルの卵のようなあの非常に細かい泡状の集積物は、ゼロ場の発生と関係深いナノバブルの残骸だったのではないかと気づかれてきた。

純粋なナノバブルなら消えるだろうが、ナノバブルとよごれ物質が原子転換したものが混合してああなったのではないかと思われてきた。高尾説は、各ナノバブルの中心にゼロ場が発生するという。また、気はゼロ場から発生するとも言うので(私も同感だ)、あの非常に細かい泡状の集積物は、気がカミソリの錆に作用したしると考えられた。その前の黄土色っぽい半球状の錆の粒が横並びになっていたのも、泡がほかの原子転換物と混ざった結果と考えられた。

これまでに二、三度、モリアオガエルの卵のようなあの非常に細かい泡の集積物の映像が浮かんできていたのが思い出された。あれは、〈そろそろ気づけよ……〉とのシグナルだったと思った。〈そろそろ気づけよ〉のシグナルはもう一つあった。数日前、いやそろそろ一週間になるかもしれない。ちょっと調べたいことがあって高尾博士の『新時代を拓く量子水学説』（Ｅｃｏ・クリエイティブ）を本棚から取り出した。すぐに調べはついたので普通は本棚に戻すのだが、そうしなかった。そうしようとした瞬間がその後あったが、内部で微妙にそれを押しとどめるものがあり、そのままにしておいた。〈そろそろ気づけよ〉にわずかに反応していたということだろう。その本にはナノバブルのことが述べてあったからだ。結果として、いまも本はまだ手元近くに置いてある。「天国の衣服」（『神奇集３』所収）では、多自然テクノワークス社長の梨子木さんが開発した「ナノバブルＤＢＯＮ」についての説明がとても役に立っていた。

錆が減って非常に細かな泡状の集積物に変化したのは、〈疑って悪かったね〉と内心に発した言葉の影響だと思った。『新時代を拓く量子水学説』には、「ありがとう」を印字して貼った瓶内の水は結晶するが、「ばかやろう」を貼った水ではそうならないとか、「愛」や「感謝」の言葉を貼ったサンプルでは、何も貼らないものよりケイ素やカルシウムや鉄分濃度が増大するとある。あれとよく似た効果だ。

私は茶の間に居て、そこから七、八メートル離れた風呂場に向けて二、三秒、気を送った。手は使わず、思いによってそうしたつもりだった。二、三秒送れば、カミソリとのつながりが出来、あとはそれが自然に持続して効果を現わすだろうと思った。随分長持ちしているなと瞬間的に思っただけであのような錆が出来たわけだから。

その日は十一月二十五日で、三島由紀夫の命日だったので日付は忘れにくかった。カミソリは三枚刃で、それぞれの両端部は錆で黒くなり、三枚刃を横断した錆全体が四角い形になっていた。

翌朝、顔を洗ったあと、風呂場に入ってカミソリを見てみた。カミソリの右端部の四角い錆は形を崩してやや減っていたが、左端部は四角ではなくなり、三本の太めの横線になっていた。それらはカミソリの刃と平行だったから、気は刃と刃の隙間で効果的に作用したわけだろう。

何より目を引いたのは、刃の元々錆びていなかった部分が白い輝きを放っていたことだった。そこを覆っていた微細な石鹸膜やよごれが原子転換されたためだと思う。前夜のカミソリの状態を撮りそこなったが、これは撮っておこうと思い、三十分ほどしてからデジカメを持って風呂場に行くと、左端部の横線は前より細くなっており、右端部の黒い四角はこちらも三本の横線状になっていた。

こんなに短時間のうちに変化が起きたのは、私がカミソリに触れたことでカミソリに作用する気が増強したからかもしれないと思った。ということは、最初の変化も前夜のずっと早いうちから起きていたのだろうか。

こんどは意識的にカミソリに対して（ありがとう）と内心で言った。これの効果が見られるかもしれないと思い、数時間後に見てみることにした。というのは、さっき撮ろうとしたときはデジカメの充電が切れていて、とりあえず三十分ほど充電してから撮ったのだった。次回は完全に充電してから撮ることにした。

充電を終えてから風呂場に行ってみると、目についた変化はなかった。

錆が盛り上がって出来たときの心的衝撃度の強さに比べれば、今回の（ありがとう）はずっと弱かったたからかもしれない。

モリアオガエルの卵もゼロ場の発生を物語るものだろう。

以前、ピンクのカーネーションに気を当てると真っ白になったというのを書いた（『神奇集2』所収「テンプレート」）。それとは別な、花の珍しい変色を思い出したので書き留めておこう。

二十年以上前のことだ。アパートの部屋に置いていた鉢植えのゼラニウムの花の色が赤から紫色に変わった。何日か前、湯呑み茶碗に少し残っていたほうじ茶を水の代わりにやっていた。ほうじ茶は濃褐色だから赤と混じったとしても紫色になるはずはない。紫色になるには緑色が必要だ。ほうじ茶に葉緑素が残っていて、それが花の赤と混ざったとしか考えられない。

葉緑素をそんなふうに活性化させたのも、つまりは気だったということになりそうだ。ほうじ茶の水分も量子水を発生させる苗床になっていたのだろう。

ミケランジェリの弾き方

ミケランジェリは、ピアノの鍵盤の水平方向に手を動かすのではなく、鍵盤に置いた指を鍵盤から垂直方向に上げるようにして弾いているように聞こえる——およそこんなふうに書いた。以前から感じていた、ミケランジェリが出す音と気との関連性を主眼に、ミケランジェリの録音をインターネットで聴きながらまとめた「ミケランジェリの音」で、そう書いた。拙著『凝集するシンクロニシティ〜神奇集3』に収録した。

十二月三日、かねてから一本観たいと思っていた、ポルトガルのオリヴェイラ監督の映画が金沢21世紀美術館で特集上映されると新聞で知り、観に出かけた。金沢に着くと、美術館へ行く前に書店に寄り、ヴァレリー・アファナシエフの『ピアニストは語る』（講談社）を見つけた。前の日、県立図書館のＨＰの新刊情報で知った本だった。

夜帰宅してそれを読んでいると、216Ｐのこんな箇所が目に入ってきて（おっ！）と内心に言った。——「ピアノと身体的なコンタクトをもつということです。ピアノは生命組織であり、生きた実体、生物なのです。このことに配慮しなくてはいけません。ある意味で、ピアノと握手することが必要なのです。」（青澤隆明訳）これとよく調和する内容のことを『凝集するシンクロニシティ〜神奇集3』に収録したミケランジェリに関する文章で書いたことがあった。

アファナシエフは続けて、誰も理解していないようだと前置きし、ミケランジェリの弾き方に言及していた。ミケランジェリのドキュメンタリー映像を観ると、鍵盤をわずかに叩いており、多くの場面では、鍵盤から手を離すとき少しだけ鍵盤を押している、と。(あれは、このことだったんだ！)と思った。

冒頭で前置きしたように、「ミケランジェリの音」では、ミケランジェリは指を鍵盤から垂直方向に上げるようにして弾いているように聞こえると書いた。私が聴覚的に感じ取っていたことが言われていると思い、とても喜ばしく思った。鍵盤から手を離すとき鍵盤を押しているなら、そのぁと指は反動的に垂直方向に上がるということではないか。指圧のような弾き方だ。それは、手とピアノとの、気を通してのつながりを確固とする弾き方におのずとなっていただろうと思った。

『ピアニストは語る』の奥付には、二〇一六年九月二十日発行とあった。「ミケランジェリの音」を収めた『凝集するシンクロニシティ』は十月一日発行だった。時期的にもシンクロしていた。

『ピアニストは語る』の216Pを読んでから気づいたことがあった。かなりのページを飛ばし読みしていたのだ。この本は二部から成る。金沢駅前から乗った帰りの高速バスが降車までの行程の半分くらい過ぎたころ、第一部の終わりのページに来たのを見て、(おや、もうこんなに読んだのだったか)と思った。百五十ページを越えていた。昼食に入ったうどん店や美術館での待ち時間にも読んでいたせいか、おかしいと思わなかったが、バスのなかで一度読みさしにしてひと眠りした間に、まるで気づかずに何と百ページ近くも飛ばしていた。見えない存在かそれとも私自身の高次意識かが216Pに早く引き合わせようと、日常的意識に干渉して飛ばさせたように思った。

飛ばしたページの途中（62P）にも、ミケランジェリの同じ弾き方の言及があった。だが、216Pのように気と直接リンクする文言と一緒ではなかった。もし普通通りにそこを先に読んでいたなら、216Pを読んだときのようなめざましい喜びは起きなかっただろう。それを避けるための飛ばし読みでもあったかのようだった。それに、普通に読んでいたら、その日のうちに216Pを読むこともなかっただろう。

「ミケランジェリの音」では具体的にどう書いたのだったか、確認してみようと思った。だが、意外にもそんな文章はなかった。ほかに「ミケランジェリの左手」と「気とアファナシエフ」を収録していたのでそれらも見てみたが、見当たらなかった。初校か再校のとき削ってしまったように思えてきた。ミケランジェリの演奏をそんなふうに聴く自分の耳に自信が持てなくなり、とんでもないことを書いているようにさえ思えてきて削除したのがやがて思い出されてきた。

「ミケランジェリの音」を収録した本が出てから二ヵ月半以上経っていた。版元に校正原稿が残っているかもしれないと思い、メールで問い合わせると、紙の原稿は二ヵ月ほどで処分する慣わしだが、データは残っているとのことだった。それを送信してもらったが、初校にも再校にもなかった。ようやく、版元に原稿を送るとき削除した記憶がぼんやりとよみがえってきた。

アファナシエフは師のギレリスもミケランジェリと同じように弾いていたのを、ミケランジェリの弾き方を観て思い出したと言っていた。自分にもそれが出来るまで何年もかかったとも。ギレリスはその弾き方のことをアファナシエフに決して言わなかったという。ギレリスは、アファナシエフは自分の音を持っているのだからいつ言っても遅くないと思っていたのだろうとアファナシエフは推測していた。その特別な弾き方は、ピアノに対する愛の行為のようだったので、言葉にすることに照れやためらいがあったのではと思う。

麻雀つながり

学生時代のある冬、田舎に帰省していたときだった。Tの家に麻雀をしに行かないかと当時の雀友に誘われた。Tは小・中学と同期生だったが、言葉を交わしたことはほとんどなかった。町外れにあるTの家で徹夜麻雀が終わると、Tはお金がないから払えないと私に言った。純真だった私は真に受けて文句を言わなかった。いつ払うつもりかとも訊かなかった。何ヵ月かあとの、次に帰省したときだったか、町のボーリング場に行くとTを見かけたので請求したが、金はないと無愛想に言われた。

もう半世紀近くも前になるそんな不愉快な思い出が、日を置いて二度も三度もどういうわけか浮かんできた。あれ以来Tとは一度も会わなかった。

先月、ある名前が新聞の訃報面に載っていた。こんな苗字があるのかと思ったほどの珍名だったが、以前香典が来ていた可能性があった。パソコンに入れてある香典帳を調べると、珍名の本人から香典が来ていた。そのときTの名前も目に入ってきた。同じタ行に分類されていた。私は亡父の葬儀のときの列席者の群れを漠然とよみがえらせながら、Tもあのなかに混じっていたのだろうかと思った。

珍名の故人は生前顔すら見たことがなかったので、葬式の日に香典だけ持っていくことにした。斎場は町外れにあり、自転車で行った。斎場まであと数百メートルの十字路で信号待ちをしていたとき、斜め右方向にある集落に目をやりながら、Tの家はあのあたりだったかなと思った。

それから三週間後の朝、茶の間で新聞の訃報面に目を通すと、Tの名前が出ていた。しばらく経ってテレビのワイドショーが、福岡県の市長と副市長が勤務時間中に賭け麻雀をしていたと報じた。

Tの訃報記事を見たのは十二月下旬だった。その三週間前の上旬、年明けに金沢へ行って友人のUたちと麻雀卓を囲む約束が出来た。出来事が麻雀でつながっている。

この月には色川武大の短篇「蛇」からとても貴重な情報を思いがけなくも得た（『ハムレットと熊本地震』所収「胎児の羞恥心とフラワーレメディ」）。色川は阿佐田哲也の別名で麻雀小説を多く書いたプロ級の雀士だった。ノートを調べてみると、色川の「蛇」を読んだのは二十三日から二十四日にかけてだった。読み終える前に情報を作品に仕込んだ。新聞でTの訃報を読んだのも二十三日だった。

麻雀の約束をして何日か経って、Uの次男が何年か前に私に言った不満の言葉が浮かんできた。彼が集めていたフィギュアについて私が洩らした感想に対してだった。それから何日かして、彼に関する何年も前の別の場面が浮かんできた。彼と同じ部屋で寝たとき気づいた彼の歯ぎしりのことを言った場面だった。どちらもUの家でのことだった。

年が明けて金沢へ行く一、二日前、こんな想像が浮かんできた。Uの家に入ると、結婚して別の家に住んでいる次男が来ていて、私は「おー、久しぶりやな」と声をかけるという想像だった。次男とは数年会っていなかった。「元気にしているか」とも私は想像のなかで彼に言った。

約束の日、三時に始めた麻雀を十時に切り上げてU宅に帰ると、Uの妻は次男も長女もまだ帰ってきていないと私に言った。長女は独身で同居しているので不思議はない。次男は入り婿なのでちょっと実家に帰って来ているのかと思った。だが、Uが風呂に入っている間、Uの妻と四方山話をするうちに、次男は離婚したとわかってきた。半年前だった。Uの妻は次男の離婚を夫が私に伝えているものと思っていた。

用意してもらった部屋で寝に就いてから、次男のことが先月来二度三度と浮かんできたのを思い出した。Uの家に入ると次男が来ているという、一、二日前浮かんだあの想像は、テレパシー的現象だったのだとわかってきた。あの想像のなかには、次男と同じく既婚者である長男の姿はなかった。

翌朝、心づくしの朝食をごちそうされたあと、私は以上の経緯をU夫婦に話した。あの想像——

Uの家に入ると次男が来ていたので「おー、久しぶりやな」と言ったことも話した。

そのうち、二階から階段を軽やかに下りてくる足音がした。振り向くと次男とわかるかわからないかのタイミングで彼は私にあいさつの言葉をかけた。私は「おー、久しぶりやな」と返した。その直後、一、二日前の想像のなかで彼に言ったのとまったく同じ言葉を言ったと意識した。

それを言った瞬間、分厚くてかなり大きな単音が目の前の空間に突発した。一、二日前に言った「おー、久しぶりやな」という想像上の言葉と、たったいま現実に言った同じ言葉が共鳴を起こしたかのようだった。
二、三日して、あの音は、前夜私が言ったことが現実化したことに感動した結果としてあのときU夫婦にも聞こえていたのかもしれないと思えてきた。あの音は、音色的には（ドキン！）という擬音に似ていなくもなかった。想像と現実が合致したことによる感覚的感動が内界で音となって私たち三人に聞こえた可能性はないかと思った。少なくともU夫婦のどちらかに聞こえていなかったか。
Uに電話して確かめてみると、そんな音は聞こえなかったという。そう聞いて、あれは私の感覚領域でだけ、内なる耳にだけ聞こえた音だったことが受け入れられてきた。

そのうち、胎児だったころにおこなったことが思い出されてきた。『凝集するシンクロニシティ～神奇集3』の「我が内なるイエス」や『ベケットの解読』（審美社）中で既述したゆえ、なぜそうするに至ったかについては省き、要点だけ述べる。

胎児だった私は二本の線を内界で描いたことがあった。一つは水平方向の線、もう一つは垂直方向の線だったが、それらは内界の闇のなかで立体交差していたので一つにまとめようと重ね合わせた。そのとたん、イメージのなかでのことだったにもかかわらず、それらは溶接されたかのように激しく火花をほとばしらせたので思わず目をそむけた。

「おー、久しぶりやな」と次男に言った直後に聞こえたあの音も、それと同類の現象だったのではないか。私は「おー、久しぶりやな」と次男に言ってすぐ、一、二日前にまったく同じ言葉を想像中に言ったのを思い出した。想像中の音と現実に発生した音とが内界で融合した結果の衝撃音。それが、目の前の空間で発生したかのように私に聞こえたのではないか。それも、胎児だったあのとき観えた火花も、雷のような一種の放電現象だったのではないか。

あの瞬間、視野のほぼ中央に、黒くてかなり太い垂直線が柱状に立って見えた。これも雷の光的現象だったように思う。外界で見た物の色は内界の残像では補色になる。逆に光が内界で知覚された場合、外界では黒く見えるのではないか。視野の全体は薄暗くなっていたが、それもそのあおりだったと考えられる。

こうしたことを考えたのは、朝、茶の間に居たときだった。そのあとリモコンでテレビのチャンネルを替えていくとUFOとおぼしき物体の映像が出た。チリ政府が秘密裡に吟味していた映像で、普通のUFOのような形でない物体から得体の知れないものが広範囲に発出されていた。若手のアナウンサーは、黒く映っているのは赤外線カメラで撮ったからであり、熱を持っていたしるしと考えられると説明した。直前に考えていたこととシンクロした。

Uの家でのあの瞬間、視野のほぼ中央に黒く太い垂直線が柱状に立ったと書いた。一本だけではなかった。その左側に少し間隔を置いてもう一本、ずっと細い垂直線が黒く見えていた。それが細かったのは、左目の劣勢を（私が右利きであることを）示しているように思う。

また、両眼に別々に映ったことは、現象が肉眼を超えた次元で起こったことを示唆していると思う。この両眼別々の映り方は、胎児期初期にも一度経験していた。ベケット作品にもその反映があり、『ベケットの解読』第二章で触れたことがある。胎児期初期のあの現象は、肉体的視覚が可能になった瞬間と見られた。

次男は前より痩せたように見えた。彼にそう言うと、「いろいろあったものですから」と微笑しながら応じた。二言三言言葉を交わすとそのまま朝食なしで勤めに出て行った。Uの妻は、離婚当時の彼はもっと痩せていたと、つぶやくように言った。私が想像のなかで「元気にしているか」と彼に言ったのは、そんな痩せ方に遠隔感応してのことだったのだろうか。

付記

この文章を書いて半年近く経ったころ、吉野せい著『洟をたらした神』（中央公論新社）所収の「赭《あか》い畑」でこんな表現に出合った。

「蒼穹と地面の間に、まっすぐな黒い雲柱を建て架けられたようにくらくらとあたりが薄暗くなった感じがした。」

「おー、久しぶりやな」とUの次男に言った瞬間、私の視野に見えた事象ととてもよく似ている。あれは内界での一種の放電現象と考えられた。「緒い畑」のこの箇所では、夫が特高に連れ去られていこうとしたとき著者が受けた衝撃が表出されているが、内界で生じた放電現象が著者に知覚されていたと思われる。

死後の講義

(あのページが書けたってことは、オレには特別な文学的守護神が付いているってことじゃないか……)

過去に書いた自作を振り返ってそんなふうに思ったことが一度ならずあった。一作品か二作品についてのことで、一作品につきほんの一、二箇所だった。『凝集するシンクロニシティ～神奇集3』を出したときは、そんなふうに思えた箇所が幾つもあった。その次の著『ハムレットと熊本地震』でもそんなふうに思う。ここ二年くらいは物書きとしてこれまでで一番脂が乗っているように思う。高尾博士との邂逅《かいこう》も大きい。

ことしに入って長田弘の書評集『私の二十世紀書店』(中央公論新社)を読むと、ナイジェリアの作家エイモス・チュツオーラの小説『ジャングル放浪記』(新潮社)についての小文「幽鬼の森の物語」があった。同じ作家の『やし酒のみ』(晶文社)を何年か前に読んだ覚えがあったが、この小説のことはまったく知らなかった。長田の二ページほどの文章は、この小説が胎児記憶に深く浸潤された作品であることを示していた。ベケット作品との共通性も幾つかあった。新著の原稿を翌月出版社に送るつもりだったから、そんなタイミングでチュツオーラの小説に出合ったのも文学的守護神のおかげだったかもしれない。

『ジャングル放浪記』が翻訳出版されたのは一九六二年。『ブッシュ・オブ・ゴースツ』(筑摩書房)と改題されて再出版されたのが一九九〇年。後者の中古本をネットで注文して内容を確認したあと、拙著(前年中に出来上がっていた)に挿入・加筆した。『ブッシュ・オブ・ゴースツ』は本という織物の格好の横糸になってくれた。

『ブッシュ・オブ・ゴースツ』の原著が出たのは一九五四年だ。かつて拙著『胎児たちの密儀』(審美社)で、胎内体験を反映する文学作品は一九五〇年ころから急増し始めたと述べた。それらの文学作品はもっぱら日本と欧米の文学のことだったが、アフリカ文学の『ブッシュ・オブ・ゴースツ』もそれらと同じ仲間に属すると言えるのが嬉しい。

『ブッシュ・オブ・ゴースツ』についての小文があった『私の二十世紀書店』の著者長田弘は、学生時代の講師だった。学生時代から何十年もの年月を経て、長田にまつわるとても面白い経験を今回した。

長田の最初の講義のあとは休講が三度も続いた。その後は一度も講義に出なかったが、レポートを書いて単位だけはもらった。一昨年に長田が死去したと知って、一冊も読んだことのなかった彼の本を昨年初めて読んだ。『最後の詩集』（みすず書房）を。

今回『私の二十世紀書店』を読み始める前後に長田をネット検索すると、長田の晩年と思われる上半身写真が載っていた。（あれっ、こんな顔だったか？）と思った。短髪でまなざしは鋭い感じなのが意外だった。記憶のなかの最初の講義での長田と似ていなかった。

それから数日して、学生時代のある場面がよみがえってきた。大学構内のコンクリのテラスを歩いていたとき、教務課の戸口を出てこちらへ小走りに来る三十代とおぼしき短髪の男性とすれ違った。すれ違うとき彼は私を一瞥した。派手とも言える上品な柄の半袖シャツを着ていて、颯爽とした身のこなしが印象に残った。去っていった方を振り向きながら、大学外部の人だろうかと思った。

このときの彼を四十年ほど老《ふ》けさせれば晩年の長田の顔になると思った。あれは長田だったと思った。年のころも一致していた。私より十一歳上だから、あのとき三十三、四だったろう。

しかし彼は、最初の講義で教壇に立って話していた人物と似ていなかった。教壇の人物は彼と年のころは同じだったが、記憶をよく吟味すれば短髪ではなく髪を伸ばしていたし、頭の形もちがっていた。まなざしは柔和で、コンクリのテラスですれ違った彼より色白だった。私はその人物を長田とずっと思い込んでいたが、あの最初の講義は代講だったのではないか。少し遅れて教室に入ったので代講であると知らずじまいになったのではないか。

あれから四十数年になるが、教室に入ったとき黒板を背に講師が既に立っていた記憶（とおそらく言っていいもの）がぼんやりと浮かんできた。それに、最初の講義が代講だったとしたら、その後立て続けに三回休講だったこともより自然な成り行きに見えてくる。外国へでも行っていたのかもしれない。

私は長田を教室では一度も見たことがなかったにちがいない。コンクリのテラスですれ違ったあのときが長田を見た最初で最後だったのだろう。

そういうわけだったから、四十年以上もあとになって『私の二十世紀書店』を通して長田から『ブッシュ・オブ・ゴースツ』の講義を受けたようなものだった。それは長田の死後だったから、この世ではない世界が舞台の『ブッシュ・オブ・ゴースツ』とシンクロし、共鳴し合う。

そういえば、前に別の人の顔をFさんと思い込んだことがあった（『凝集するシンクロニシティ～神奇集3』の「瀬織津姫2」）。それはつい一年ほど前だったが、あのときもその思い込みには今回と同じように意味深いものがあった。だから私の場合、思い込み自体に意味深いものが潜んでいる感じがしてくる。

Fさん絡みの思い込みには、見えない存在が関与していると思われた。すると、長田絡みの思い込みのほうにも同じ種類の関与があったような気もしてくる。〈隠れた編集者〉はこの両方の思い込みを知っていたのではないか。ひょっとして、〈隠れた編集者〉イコール文学的守護神なのだろうか。

隠れた編集者

私のパソコンではワードのファイルを開くと「前回終了した位置から再開します」という表示の小さな窓が出る。そこをクリックすると、前回終了したページが瞬時に出る。

ある小篇Bを書き進めようと、それを収めたファイルを開いたが、どうしたことか「前回終了した位置から再開します」が出てこなかった。それ以降ずっと、開いても出なかった。そのファイルのページ数は多くなかったのでそれほど不便ではなかったが。

その後、Bに関して数行の加筆を思いつき、ファイルを開いた。加筆する箇所まで少しずつページを移動する途中、文章が目の前を過ぎていく。「前回終了した位置から再開します」が出ないのは、それまで書いた文章を点検せよという、見えない存在からの示唆なのかもしれないと思えてきた。

同じファイルには小篇Aもあった。Aのほうが先に入れてあったのでAに訂正の要があるのかと思ったが、目でザッと辿る間、特別なフィーリングをAから受けなかった。

そのうち、考えちがいをして書いた箇所がBにあると気がついた。訂正しようと、その箇所へ向けて少しずつ移動し始めてから、いったん中止した。思いついたことがあり、それをやってみた——ワードの別のファイルを開いてみると、「前回終了した位置から再開します」は普通に出た。だから、Bを訂正し終えればBやAの入ったファイルの表示も通常通りに出るようになるのではと予想した。

訂正を終えるとファイルを閉じ、すぐにまた開いた。「前回終了した位置から再開します」の表示が元通りに出た。

Bは小篇ながら筆は円滑に進まなかった。二日ほどあとにファイルを開くと、また「前回終了した位置から再開します」が出なくなった。「隠れた編集者」と題したこの文章（じつはBにほかならない）は最初、Aを書いたときのエピソードとしてAの最後に組み入れていた。それを組み入れないようにとの、見えない存在からのサインのように思えてきた。よく吟味すると、確かに組み入れないほうが適切だった。Aのテーマから少しずれていたのでAから除外して独立させることに決め、Bを完成させるべくファイルを開くと、「前回終了した位置から再開します」がまた出るようになった。

ところが、一、二日してファイルを開くと、また出なくなった。一度出たが、そのとき以外はずっと出ないままだった。隠れた編集者が居るというのは思い過ごしで、元々単なる偶然的一致だったのか。それとも、隠れた編集者が介入したためにパソコンの調子がおかしくなったのか。

そのうち、前にＢに関しておこなった訂正は、隠れた編集者にことさら示唆されなくても一通り書いたあとで容易に気づくことだったと思われてきた。示唆は不要だったとも言えた。そのあと再度あの表示が出なくなったのは、ほかにまだ吟味すべき箇所がＢにあるからではと思われてきた。

そういえば、ちょっと気になっていた箇所がＢにあった。なかなか微妙な書き方を要する割には大勢に影響はないと思って省いた箇所だった。そこをもう少し丹念に書いたならあの表示が戻るかもしれないと思った。実行した。そのあとファイルを閉じ、再起動した。案の定、表示が戻った。ところが次にファイルを開いたときはまた表示が出なくなった。何だか、隠れた編集者に翻弄されている感じがしてきた。パソコンの調子がおかしくなっているのを排して、最低限のサインを伝えてくれているという見方も出来なくはないとは思ったが。

以上の文章を書いた当日、なぜかパソコンがシャットダウン出来なくなった。土曜日で時間も遅かったので月曜日になってからパソコン会社に電話し、直し方を教えてもらった。電話がつながるまで数十分待たねばならなかった。パソコン会社もいったん電話を切らせてほしいと言ったほど、直すのに手こずった。

同じ日の午前中は高尾博士からのＳＬＪ便がいつもなら配信されるが、その日は配信されなかった。翌日午後になって配信された。当方に配信されるようになってから三年になるが、一日以上遅れたのはこんどが初めてだった。博士のパソコンがダウンしたため別のパソコンから配信したとの文言が添えられていた。両者のパソコンが故障的にシンクロしたわけだった。少なくともこのシンクロには、見えない存在が関与しているように思えた。

「前回終了した位置から再開します」が出ない件に関してはパソコン会社は受け付けなかった。ワードソフトはパソコンとは別の会社から買ったので、受付はそちらになるとのことだった。しかし、そこへは問い合わせなかった。そのほうが神秘性を保てるからだ。もしそのうち新たに神秘的な事象がパソコンを通じて起こったなら、問い合わせた行為自体を、見えない存在から問われるようなものだという思いも起きた。

博士とのパソコンシンクロは、あの表示に関する事象と連繫《れんけい》していて、単なるパソコン異常ではないと告げているのかもしれないと思った。博士との三年のメール交信の間には、何度かパソコンの異変が起き、それらにはことごとく見えない存在が関与していると推定された。『凝集するシンクロニシティ〜神奇集3』でも『神奇集2』でも触れた。

以上の文章まで書いて数時間経って一つの思いが浮かんできた。「前回終了した位置から再開します」の表示が出なくなったり出たりを繰返したのは、ここまで記述を引っ張ってくることによって、見えない存在が「隠れた編集者」という書き物を私にプレゼントしてくれるためだったのではないか。見えない存在は、博士のパソコンがダウンするのを予期してもいたのではないか。

Bを収めたファイルを開いてみた。あの表示は出ないままだった。いや、開いたファイルにはもうＢは入っていなかった。別のファイルに移してしまっていた。だから、Ｂのないファイルを開いてもあまり意味はなく、新しいＢのファイルでやってみるべきだった。やってみると、表示は出た。

なお、博士のパソコンがダウンしたのは、具体的にはディスプレイ画面が映らなくなったと後に博士が知らせて下さった。そのパソコンは博士の友人が部品を組み合わせて造ったもので、十数年使っているとのことだった。古くなり過ぎて宇宙からの進化的エネルギーに耐えられなくなったのかもしれないとお書きだった。そういう進化的エネルギーに対して、〈隠れた編集者〉が親和的でないとは思えない。

以上の文章は二〇一六年の十月から十一月にかけて書いた。その期間に書いた「前世と加賀藩」「Ｆさんの手紙」「加賀藩つながり」などは〈隠れた編集者〉の存在を想像させたとともに、そのおかげをもって成立したような感じを抱いていた。それで、その三作から始まる連作を企図した。『隠れた編集者』という総題で。いつ終結するというあてもなく。

表題作であるこの「隠れた編集者」は、いま挙げた三作の次あたりに配置しようかと最初考えた。だが、先延ばしにすることにした。〈隠れた編集者〉とのつながりがより印象的になる出来事が待っているかもしれないと思えた。

十二月も中旬になると、〈隠れた編集者〉とのつながりは薄くなったように感じられた。下火になったような感じだった。ただ、初旬に経験したことは、それまでのうち最も強く〈隠れた編集者〉の存在を感じさせる一作に結実した。「ミケランジェリの弾き方」だ。

いまは二月中旬だ。数日前、現象が深化した現われではと思われる経験をした。次回に譲る。

サイバー攻撃？

二〇一三年七月十四日、高尾博士夫妻は福岡県宗像市のホテルの政談演説会に参加した。知人の企業人からの紹介だった。会場で政治家の小沢一郎氏と出合い、スリー・ショット写真を撮った。その日は夫人の誕生日だった。

翌十五日、高尾夫妻は上森三郎さんと佐賀で落ち合う予定だった。博多駅ホームで博士夫妻は上森さんこだわりのナンバーである七号車の停車位置で待っていると、上森さんがホームへ現われた。上森さんは開口一番、前日の朝に神戸で新幹線に乗ろうとしたら小沢一郎氏を見かけたので声をかけ、ツー・ショット写真を撮ったと告げた。小沢氏はその後宗像市へ向かい、高尾夫妻と会い、スリー・ショット写真中の人となった。

それから三年半になることし二月二日夜のことだ。パソコンの受信トレイを開くと、高尾博士から臨時ＳＬＪ便が来ていた。前日夜に配信されていたから丸一日経ってから気づいた。一日経っ間に何度か受信トレイをチェックしていたはずなのになぜか表示されなかった。

臨時ＳＬＪ便は、出版されたばかりの板垣英憲著『「４京３０００兆円」の巨額マネーが天皇陛下と小沢一郎に託された』（ヒカルランド）を推薦しており、高尾夫妻と上森さんが絡んでの小沢一郎氏とのいま述べたシンクロが取り上げられていた。この件についての博士の文章は、かつて私もＳＬＪ便かその前身のＴＡＫＡＯ便で二度くらい読んだ覚えがあった。

博士がこの本に出合ったのは、福岡市内のＦさんの整体の店からの帰りに寄った書店だった。久しぶりに行った店内は改装されていて、そこを経巡《へめぐ》るうちに出合った。私も、久しぶりに行った書店が改装されていて店内を経巡るうち、名前だけは知っていた池川さんの『胎内記憶』（角川ＳＳコミュケーションズ）に出合ったのを思い出した。その本文の最初のページに私のことが書かれていた。

博士は板垣本を手に取って夫人に電話したとたん、クシャミが出た。誰かの霊がアプローチしているのかと思って夫人に聞くと、夫人は「ちょっと待って。和気清麻呂さんだわ。その本を買いなさいって」私も関心を引かれ、その夜のうちにアマゾンに本を注文した（前にも書いたことがあるが、夫人には歴史上の多数の各界著名人の霊が来訪するという）。

板垣本は面白く読んだが、時間が経つにつれ、感銘は先細りになっていく感じだった。ノンフィクションではなく、ノンフィクションを装った小説と言うべきではないかと思った。

著者は開巻ほどなく、天皇の昨年の国民へのビデオ・メッセージは生前退位が真意ではないと書いていた。天皇は、みずからが頂点に立つ世界支配層が管理している巨額資金を各国に分配しているという。その分配金が善用されてほしいというのが真意だったという。天皇はあのメッセージで生前退位という言葉を一言も言っていないという。しかし、分配金という言葉を一度も言っていないのも事実だ。

読み終えたのは六日の早朝だった。和気清麻呂の「その本を買いなさい」は、和気清麻呂になりすました霊のいたずらだったのではという思いが浮かんできた。それから一、二時間後、ＳＬＪ便が配信され、これも午前中に読み終えた。

翌七日夜、板垣本を読んで考えたあれこれを書き留めようと、まず高尾夫妻、上森さん、小沢氏絡みのあのシンクロニシティについて書き始めた。細かな点を確認すべく板垣本を推薦している臨時ＳＬＪ便を読み返そうとすると、パソコンから消えていた。それればかりか、「ＴＡＫＡＯ便＆ＳＬＪ便」と名づけたフォルダー自体がなくなり、保存してあった三年半分の配信すべてが消えていた。

前日、妹のメールのフォルダーが二種類あったのを一つにまとめた。ひょっとしてそのとき、手違いで消去してしまったのかと思った。ＯＣＮには当方に着信したメールが全部保存されている。そちらにアクセスしてみると、ＯＣＮのほうも、「ＴＡＫＡＯ便＆ＳＬＪ便」は全部消えていた。高尾博士から私個人へのメールはＯＣＮからも私のパソコンからも消えていなかった。

パソコンに二個付けてあるＵＳＢメモリーを調べると、こちらは二個とも「ＴＡＫＡＯ便＆Ｓ

ＬＪ便」は正常に保存されていた。いや、前日のＳＬＪ便と板垣本推薦の臨時ＳＬＪ便の二つだけは消えていた。

実質的に失われたのはその二つだけだったので、とりあえず執筆を再開した。細かい点はあと回しにし、憶えている事柄だけで高尾＝上森＝小沢のシンクロを書いておくことにした。数行前に書いた箇所の字句を一つ訂正すると、何もしていないのに上書き保存になり、前に書いた文字が消されていった。「隠れた編集者」のときと同じだった。あのときをまねて再起動すると、あのときと同じく上書き保存でなくなった。

霊的存在の仕業ではと思った。本物だったにもかかわらず疑念を持たれたことに和気清麻呂が怒ってしたことかとも思えた。だが仮にそうだったとしても、板垣本への読後感は同じままだった。それなら、こういうことなのかと思った——あの本の全部は肯定しないが、たとえば日本の金産出量が世界トップであることの霊的意味は重要だと告げたかったのか。

私はあの本を読みながら、世界中でも日本に集中的に産出する金は、神霊界から原子転換によってもたらされた可能性を想像していた。著者は４京３０００兆円が天皇と小沢氏に託されたと述べているが、何より確かなのは、金が（４京３０００兆円でなく）そのような手段でこの国に託されているということのほうではないか、と。地球に埋蔵されたすべての金はその稀少さも含めて神霊界のコントロールで産み出されたものかもしれない、と。

前日配信のＳＬＪ便に、博士夫妻が金力を願っているとの、霊的存在からの意外で気になる言葉があったのも思い出された。板垣本と共通する点があり、あれも読み返してみたくなった。

そのあと、過去三年半に配信されたＴＡＫＡＯ便・ＳＬＪ便をＵＳＢメモリーで虱潰《しらみつぶ》しに見ていった。高尾＝上森＝小沢シンクロについてのかつての博士の記述を探すためだった。数日前の臨時ＳＬＭ便への博士宛のお礼メールが送信済みアイテムに残っており、それに臨時ＳＬＭ便がくっついているとは翌日になるまで思い浮かんでこなかった。動転していたのだろう。

それにしても、ＯＣＮサイドで保存されていたＳＬＪ便・ＴＡＫＡＯ便が全部消失したのは不思議だった。私の目からそれらを消し去るのが目的ではなかっただろう。もしそうなら、ＵＳＢメモリーに保存した分も消去しただろうから。消去が偶然や私の手違いではなく、目に見えない大きな力が働いていることを示すためだったと見るべきだろう。

ＵＳＢメモリー中で最新のＳＬＪ便と臨時ＳＬＪ便の二つだけが消えているのは、それとは別種の示唆すなわち、今回のパソコン介入に直接関係があるのはその二つのＳＬＪ便であるという示唆ないし信号なのではないか。

ＵＳＢメモリーから消えたＳＬＪ便は、博士へのＳＬＪ便のお礼メールにくっついて送信済みアイテムに残っていた。それを読み返すと、金力について言ったのは徳川家康と天海の二霊だった

――「ありがとう。そなたたちの金力と統率力の願い叶えて取らすぞ。但し、宇宙の平和のために使えよ」

博士は研究者で夫人は画家だ。夫人は自作の《7龍神図》のコピーを仕込んだ製品「エメラル

ド３３３」を開発・販売しているが、お二人とも金力というほどのものを願っていると思ったことはなかった。金力や統率力への願いは誰よりもまず政治家としての家康と天海にあてはまることではなかったか。とくに統率力は高尾夫妻とほとんど無縁な要素と言うべきではないか。夫人は聞こえたままの霊言を博士に伝えたのだろうが。

そのうち、前に夫人からいただいたメールに、夫人は政治家志望だったとあったのが浮かんできた。夫人のかつてのそんな志望と「エメラルド３３３」との間に放電が生じているのだろうか。それは措くとして、夫人たちに与えられる金力は「宇宙の平和のために使えよ」なのだから、板垣本で言われている分配金の善用とシンクロしてくる。共通性がある。

二つのＳＬＪ便が消えたと気づいたのは、最新のＳＬＪ便が配信された翌日だったから、一日の間に二つのＳＬＪ便の内容を知って両者の共通性を認識したうえでＯＣＮサイドと私のパソコン双方に保存された全部のＳＬＪ便・ＴＡＫＡＯ便を消去出来た存在が居たことになる。この存在は分配金ともリンクしているようにも見えてくる。この存在は、この世の人間だろうか。

私がＳＬＪ便の消去に気づいたのはＳＬＪ便配信から一日経ってからだったが、配信される前に博士が原稿を書いていた時点から、そして、板垣本を買いなさいと言う声を夫人が聞く前から、霊的存在はＳＬＪ便が配信されるのを待っていたのかもしれない。消去されたのは私がＳＬＪ便を読んですぐだった可能性もある。博士夫人が家康と天海の霊言を聞いたのは二ヵ月半前になる。二〇一六年十二月二日のことだ。

板垣本では、分配金は天皇と小沢氏に託されたと述べている。同時に安部政権退場＝小沢氏希求が押し出されている。私は小沢氏を特別待望している者ではないが、現政権にははっきり反対だ。不適任者にいつまでも政権を委ねておくべきではない。検察による小沢事件は、氏にハクを付けたようにも思える。

板垣本では自民党の支持母体として多数の宗教団体や宗教系財団法人が列挙されていた。それらの団体が現政権を認容し続けているとすれば、それらはもはや、言うに足るほどの霊的次元に根ざしていないということだろう。

一方小沢氏は、私のパソコンにとどまらずＯＣＮサイドのコンピューターにも影響力を持つような高次の霊的存在に支持されている――見えない存在はこれを示唆しようとしたのではないか。見えない存在は私、高尾夫妻、板垣氏を知らぬ間に連繋させ、これまで言われたことのない種類の支持を呈示しつつ小沢氏を照らし出そうとしたのではないだろうか。

右の十行ほどの仕上げをしていたとき、打ち出した文字がパソコン画面に出なくなった。代わりに、画面の左上隅に出るようになった。前に上書き保存に変わったときもしばらくあとでこれと同じ現象が起きていた。そのときは再起動すると文字が普通に出た。上書き保存になったとき再起動すると元に戻ったのと同じだった。

この、打ち出した文字が画面の左上隅に出る現象については、煩瑣《はんさ》だったので取り上げなかった。

だが同じ現象がまたしても起きたので、書いておくよう促されているような感じがして、書いておくことに決めた。決めたそのとたん、パソコン画面が不意に真っ暗になった。故障かと思い、せっかく書き上げたものが台無しになるのかとおそれた。

やがて、暗い画面にときめきのような波動が起こり、元の画面が復帰した。あとから思い返すと、プツンと断裂的に真っ暗になったというより、潮が引いていくように光が減衰していった。元に戻るまでの間は、微妙な青みとあたたかみを帯びた状態を画面全体が保っていたようだ。あたかも私への信号のように。

右の行の「プツンと断裂的に真っ暗になったというより」は、はじめ別な表現で書いていた。その表現を現在のように変えようとすると、またしても上書き保存になって文字を消していった。そう変えたほうがいいと告げているかのように。再起動させると、やはり上書き保存でなくなった。私は、見えないいたずらな存在にからかわれているのだろうか。

この段落は私のパソコンでは、前の段落との間に二行分の空白がある。前の段落とその前の段落との間にも二行分の空白がある。どちらも一行分の空白にしたつもりなのに。空白を一行にしようと試みると空白そのものがなくなって、前の段落とくっついてしまう。

この段落の次の段落との間にも二行分の空白がある。同じく一行だけの空白にしたつもりだった。これも一行に直そうと試みても次の段落とくっついてしまう。

和気清麻呂については、以前のＳＬＪ便で博士が和気清麻呂ゆかりの場所を夫人と訪れたときのことを一回だけでなく書いていた記憶があった。いつの、どんな記事だったかを調べようと、博士とのメール交信のファイルを少しずつさかのぼっていった。やがて二月二日の博士へのメールが目に入ってきた。私はこう書いていたことを忘れていた――「小沢氏に関してお書きの文章を読む間、頭部がかなり強い緊張に包まれました。神霊的なもののように思いました。また、お三方のスリー・ショット写真を見る間、眉間のチャクラに刺激を感じました」。

このスリー・ショット写真については二年前の二〇一五年のＳＬＪ便でも博士は言及され、先般のＳＬＪ便でと同じ言葉で「これでもか、これでもかと小沢一郎氏からオーラが見える」とお書きだった。私にはオーラは見えなかったが、二〇一五年には「お三方の顔の隣や背後に人の上半身の白色の形が、入れ代わり立ち代わり現われ見えます。見ているうちに横へ移動するのもあります。錯視なのかもしれませんが、ぼんやり顔立ちが見えるようなときもあります」と六月二十九日に送信している。「人の上半身の白色の形」は、より正確に言うと、「人の上半身の真っ白でつやつやした、のっぺらぼうの薄板状の形」だった。先般のＳＬＪ便中で同じ写真を見たときも、二年前と同様な形と動きがずっとぼんやりとだが観えた。

探していた和気清麻呂のほうは、十一月三十日付けのＳＬＪ便に載っていた。実際の配信日は二十八日だ。博士夫妻が十月六日に京都の護王神社に参拝したときの模様が述べられていた。私は境内の和気清麻呂像とさざれ石の二枚の写真が「目に入ってこようとしたとき、これまで感じたことのない種類の張り詰めた、清冽《せいれつ》なような感覚を受けました。写真中の空間から受けた印象のように思いました」と書いている。

「よつばシンクロ」で書いた、博士夫妻がつかまえたタクシーはその日も前日も三つ葉タクシーで、運転手から四つ葉マークのタクシーも四台あると教えられたという、当方のよつばシンクロとシンクロした出来事は、このときの京都行きでのことだった。この京都行きの主目的は「エメラルド３３３」の普及のためだった。

和気清麻呂つながり

二月二十一日、自転車で町外れのスーパーに行く前、その向かい側にある外食チェーン店に昼食をしに入った。黄色いプラスチックの丸っこい札を渡された。待ち番号が５６と印字されていた。一時間ほどあと、町なかの銀行に行った。備え付けの器械のボタンを押すと、待ち番号を印字した紙が出てくる。５６だった。さっき外食チェーン店で渡された番号と同じだった。

同じ日の午後、県立図書館に頼んでおいた、昭和二十七年刊の中村彝《つね》著『芸術の無限感』が町の図書館に届いた。中村は三十八歳で死んだ画家。数日前、「県立美術館で」という短文で彼に触れたが、彼が書いたものが何かあるかもしれないと県立図書館のHPを見ると所蔵していた。一、三の収録文を読んでみると、ちょっと唖然とした。大正時代のこの画家は、高尾博士の量子水学説と通じ合う自然観を披瀝《ひれき》していたからだ。それで、その件について「県立美術館で」に加筆しながら『芸術の無限感』を読み進めた。

夜になって、高尾博士から臨時ＳＬＪ便が配信されているのに気づいた。私はお礼の返信メールに、日中に経験したシンクロニシティのことを書き添えた。

臨時ＳＬＪ便は、名古屋で開催される博士と上森さんともう一人の方の講演会（トータルヘルスデザイン主催）の知らせだった。５６の５と６をたすと１１だが、１１は上森さんと関係深い数字だったと思い出した。具体的にどんな関係だったかは思い出せなかったが、この１１のことも博士にお伝えした。送信してからしばらくして思い出した。かつて博士と上森さんとの講演が某所で催されたとき、出席者は１１１名だったと博士が書いていたのを。ほかにも上森さんと１１とつながりがあったはずだったが思い出せなかった。

その日のうちに博士から返信があった――「上森さんは誕生日が1月１１日で数霊１１とご縁が深いです。私もそうです。」

（５６のシンクロが二度続いたのは、博士・上森両者の１１シンクロとのシンクロと見られるかもしれない）と思った。

翌日の午前中、博士にメールした。５６が待ち番号だった外食チェーン店の名前は八幡《やはた》だったと。

八幡神社の大元は宇佐八幡宮だが、八幡宮のある場所と博士と夫人それぞれの生地を線で結ぶと二等辺三角形になるとかつて博士がお書きだったのを意識してそう書いた。送信して「高尾博士とのメール交信」のワード・ファイルに入れるとき、送信時刻が８：５６で、またも５６シンクロになっていると気がついた。

一時間ほどして博士から返信があった。「隠れた編集者」と関連するような現象をここ数日の間に二度も経験したとあった。メールや保存ファイルにはちゃんと写っている写真がワードではどれも真っ黒になり、何度やってもそうなった、と。博士はこれを、ワードでは写真を外せとの指導と受け取り、そうした。すると、「全体の文章の流れがスッキリするなと感じました。」

私は「隠れた編集者」で書いた、ワードのパソコン画面が不意に消えていった現象を連想した。

さて、博士からのこの返信メールが来るまでの間、私は郵便局の簡保に関する小文を書き始めていた。そのうち、「隠れた編集者」の最後の段落を加筆する必要が出てきたので、簡保に関する文章を仕上げるのは当分あと回しにしようと思った。和気清麻呂にまつわることを加筆しようと、自分のパソコンのファイル「高尾博士とのメール交信」を探した。ＳＬＪ便で探した場合、各便に記事が三、四あるので探しにくいと思った。私はこの手の探し物は大のヘタクソで、一度に探し当てることはまず出来ない。意識が逸れて肝心の箇所を見落としてしまうのだ。和気清麻呂についてては確か二箇所あったが、三年半になる「高尾博士とのメール交信」全部を見たが、一つも探し当てられなかった。

「高尾博士とのメール交信」はページ数が増大してきていたので、昨年からは一年ごとにファイルを別にしていた。一昨年より以前は一つのファイルにだったが。この一昨年以前のファイルを編集保存した時刻が9：56だった。またも56シンクロだった。私はこのシンクロを、先に博士に送信した時刻が8：56だったこととともども博士にお知らせした。二月二十二日午前中のことだった。

そのあと、二箇所あるはずの和気清麻呂関係の記述を、こんどはSLJ便で探してみた。USBメモリーの一覧で一便ずつ現時点からさかのぼっていくと、昨年十一月の配信分で一つ見つかった。これについては「隠れた編集者」の最後に加筆した。

もう一箇所は、和気清麻呂に関するシンクロニシティを経験したあと、乗ったタクシーが清麻呂を祀った護王神社の前を通ったというのだと憶えていた。だが、上森さんも護王神社にまつわるシンクロをブログで書いていたと憶えていたから、それとごっちゃになっているのかとも思っていた。

中村彝の『芸術の無限感』は短文集の趣きがあり、執筆の合間に読むのに適当だった。詩も収録されていて、それらにも高尾説と通じ合う表現があり、「県立美術館で」に加筆していった。

いまから考えると、和気清麻呂についての残る一件をすぐに探しにかからなかったのは、二十三日早朝にアップするつもりだった「隠れた編集者」の仕上げに取り組んでいたからということもあったけれど、意味深長なものがあると思う。そのおかげで、以下の経験がより秩序だった混濁しない書き方となったからだ。これにも〈隠れた編集者〉が介在していたように思える。

残る一件を探しにかかるまでの間、私は言いようのない不振感・スランプ感を覚えていた。それは先月から続いていたが、〈隠れた編集者〉に知らず知らずのうちに同調していたということだと思う。言い換えれば、それは私が窺い知れない時間的な調整のためだったのであり、この小篇の終結部に挙げるシンクロニシティも（とくに日付のそれだが）この調整の結果だと思う。


二十三日の夜になって、高尾博士からメールが来ていると知った。午後二時に受信していた。宗像市の実家に居た博士は私がサイトにアップした「サイバー攻撃?」の全文を大分の夫人に電話越しに読み聞かせて意見を訊いたとお書きだった。

夫人の答えは「和気清麻呂さんが真名井さんに高次元に向けての新たな気づき（過去世・現世のお詫びと感謝）を期待して神霊的に介入した」というものだった。

私は「高次元へ向けての新たな気づき（過去世・現世のお詫びと感謝）」から、かつて和気清麻呂に害をなしたということかと思った。にもかかわらず現世で無病息災で居続けていることに感謝せよということかと思った。「お詫び」という言葉を読んだとき、心の奥で微かな悲しみが動いたように感じた。高校時代、日本史の教科書で和気清麻呂という名前を初めて見た瞬間、親近感のようなものが浮かんだのとともに、その活字に微光が白く射したように見え、なぜだろうと思ったのもよみがえってきた。

「感謝」という言葉からは、「隠れた編集者」で書いたフィーリング、すなわち〈隠れた編集者〉が「隠れた編集者」という書き物をプレゼントしてくれたようなフィーリングを連想的に思い出した。『隠れた編集者』は「前世と加賀藩」から始まったのを思い出した。それには前世にまつわる私の経験や考えが述べられていたから、博士夫人の言う過去世への気づきとシンクロしていた。〈隠れた編集者〉は和気清麻呂と見るべきかもしれない。ただ、かつて和気清麻呂に私が害をなしたとすれば、「隠れた編集者」を私にプレゼントするような好意を示すだろうか（それがプレゼントだったとしたらだが）。いずれにせよ、彼と私の間にはかつてかなり濃いつながりがあったとは考えられる。

もう一つ暗示的な点があった。「隠れた編集者」の最後の段落を加筆するために、郵便局の簡保に関して書いていた小文を仕上げるのを当分あと回しにした。そうする直前まで書いていたのは、乗っていた自転車が軽トラックにぶつかって数メートル飛んで地面に落ちるときのフワッとした異次元的な感覚が守護神の介在を思わせたという経験についてだった。「隠れた編集者」を加筆する直前まで、掠り傷だけで済んだあの交通事故のことを書いていたこと自体が、〈隠れた編集者〉が守り主だったことを暗示しているように思える。

博士からのメールには、まだ続きがあった。夫人との電話を切ると、博士の側頭部に軽い痛みが走ったという。それでまた夫人に電話して訊いてみると、夫人の言った通りだと空海の霊が伝えに来ているとのことだった。

空海に関しては、私も前の年に経験したことがあった。言い換えれば「不可思議な音」で述べた音は、空海が発した音と見られた。調べてみると、昨年六月のことで、上森さんがブログで書いていた空海に関する文章から、あの音を発したのは空海だと気づいたのだった。

それだけではなかった。まだこの時点では探しにかかっていなかった和気清麻呂に関する残る一件が述べられていたＳＬＪ便は、空海が発したと見られる音を私が聞いたのと同じ六月に配信されていた。ここでも空海と和気清麻呂は互いに近しくなっている。しかもそのＳＬＪ便には、和気清麻呂に関する博士と上森さんご両人にとってのシンクロも報告されていたのだ。

私が和気清麻呂に関する残る一件を見つけたのは、博士からのメールを読んだ翌日の二十四日だった。昨年六月中旬に配信されたＳＬＪ便中にあった。乗ったタクシーが護王神社の前を通ったのは、やはり博士のシンクロ体験だった（上森さんのほうは、ある神社へ行ったあと京都御苑を歩いて地下鉄の入り口へ来ると、護王神社が目の前に見えたというのだった）。

博士はこの件に先んじて、遥かに重要なことをお書きだった——五月八日に宇佐八幡宮境内の上空で撮った雲が神霊の顔を想わせたが、後日、上森さんがブログで和気清麻呂について書いているのを知り（「和気清麻呂こそ全てを知っていた！」と題して七回にわたっていた）、宇佐八幡宮はかつて和気清麻呂が神託を授かりに来たことから、あの雲には和気清麻呂の顔が反映していたのではと思った。

五月十五日、博士は右の上腕部の裏側にときどき鈍痛がしたので夫人に訊いてみると、和気清麻呂の霊が来ているからということだった。霊は宇佐八幡宮で撮った雲は自分であり、それと上森さんのブログの「和気清麻呂こそ全てを知っていた！」とがシンクロしていると知ってもいると伝えたという。

だがその後も博士の右上腕部の鈍痛は止まらなかった。夫人に訊くと、理由は和気清麻呂がまだ伝えたいことがあるためだった。それで霊と質疑応答してみると「予想を遥かに超える重要なメーセージだった。」博士は続けてこうお書きだった——「現段階では公表は控えさせていただく」。かつての配信時、これを読んだとき興味が湧いたのがよみがえってきた。あれきりすっかり忘れていた。

前の日の夜に読んだ博士からのメールに、博士が「サイバー攻撃？」の全文を夫人に電話で読み聞かせたとあったのが思い出された。「サイバー攻撃？」の全文は十ページほどある。それだけの長さのものを夫人に電話越しに読み聞かせる労を博士が惜しまなかったのは「予想を遥かに超える重要なメッセージ」と「サイバー攻撃？」の内容が深く関わり合っていたからではないだろうか。

このSLJ便には、博士が上森さんに宛てた和気清麻呂に関するメールが紹介されていた。博士はその発信日時は六月二日二十二時二十四分で、二が四つあり、二十四は博士の誕生日でもあると書いていた。私がこのSLJ便を探し当てて再読したのも二十四日だった(二月二十四日だから、こちらも二が続いている)。

その後、ウィキペディアで和気清麻呂を調べると、清麻呂が宇佐八幡宮の神託を確認するため八幡宮に行ったと述べられていた。私はこの「和気清麻呂つながり」の冒頭で書いた、56のシンクロニシティを構成していた外食チェーン店の名前は八幡だったのを思い出した。

ウィキペディアには和気清麻呂の命日は二月二十一日とあった。56のシンクロニシティが起きたのも二月二十一日だった（前者は旧暦だったが）。

また、清麻呂の享年は六十六で、いまの私の年齢と同じだった。

追記

こんなことがあった。老母に付き添って歯科医院に行き順番を待っていると、診察を終えた三、四〇代の男性が治療費を言われ、持ち合わせていなかったので後日にしてもらった。私もスーパーで数時間前、同様な経験をしていた。私の場合は四円足らなかった。レジのおばさんが十円貸してくれた。

同じ日の夜、家の食堂の蛍光灯に付いている常夜灯が切れた。（あれ？　もう切れたのか）と思った。切れ方が早いような気がしたので、本当に切れたのか振ってみたほどだった。ごく小さな電球で、ナツメの実と似た形なのでナツメと呼ばれている。

ズボンのポケットに小銭が百二十円あった。ナツメはいままでに何回も買い、百円以下だったので財布を持たずに近所の雑貨店へ行くと、百八十円と言われた。長持ちするという。手持ちの金額を言い、もっと安い在庫がないか探してもらったが、なかった。次の日に払うことにして品物だけもらってきた。スーパーでのことに続いてわずかな金額不足だった。

次の日、お金を持っていくと謝られた。百十八円のやつがあったのに勘違いしたという。それだとギリギリ二円差で買えたわけだった。何とも奇妙な成り行きに感じた。

以上のことを経験したのは、あの56シンクロを経験する八日前だった。56シンクロを経験して二、三日すると、二つのシンクロは何か関係があるような気がしてきた。その後もこの点にときどき意識が向いた。そのたびに二つのシンクロを心のなかで照らし合わせてみた。

本文の最後で、和気清麻呂の享年は六十六で、私の年齢と同じと書いた。それに嘘はないが、あと二日で満六十七になっていた。僅差という点でナツメやスーパーでの金額不足とシンクロしている。ナツメは二円差で、誕生日まであと二日だったから、同じく二の差になる。

グリモーのK459

先日、YouTubeを見ていたら、エレーヌ・グリモーがモーツァルトのピアノ協奏曲K459を弾いていると知った。十九番のピアノ協奏曲だ。グリモーの弾き振り。グリモーに合った曲ではないかと思った。ピアノは打楽器だが、とくに終楽章は打楽器的な曲想だったのでグリモーに合っているように思った。

聴いてみるとズバリ当たっていた。オーケストラの響きもとても清新で生き生きしていた。終楽章ではグリモーはピアノの低音部を強調していて、とくにコーダ（25分37秒から44秒あたり）のドーン、ドーンという響きに意外感を受けながら魅了された。これまで聴いたほかのピアニストはそんな演奏でなかったと思ったので、YouTubeのほかのピアニストたちのこの箇所の演奏を聴き比べてみた。

興味深いことに気づかされた。グリモーと同様な、低音部を押し出した演奏は、聴いた限り二人居たが、二人とも女流ピアニストだった。グリモーほど強烈ではなかったが、内田もラローチャもしっかり弾いていた。

一方、男性ピアニストではほとんどゼロだった。シフもアンダもペライアもポリーニも低音部はおとなしいものだった。ルプーにいたってはまるで無関心で、低音部には関わりたくないと言わんばかりだった（ルプーの定評である抒情性と背馳《はいち》するだろう）。アシュケナージはまるで聞こえなかった。

シュタイナーは男性のエーテル体は女性であり、女性のエーテル体は男性だと言っていた。出口王仁三郎が自分を変性女子と言っていたのも同じ考えに基づいてだったのではと思う。かつてこれをエーテル体的異性像と名づけたことがあった（『脳・胎児記憶・性』私家版）。

グリモーや内田やラローチャがモーツァルトのあの箇所の低音部をしっかり弾いているのは、そうでない女流ピアニストに比べて、彼女たちと自身のエーテル体の男性性との（エーテル体的異性像との）結びつきの強さや心身的関心度の高さを示しているにちがいない。グリモーはとりわけそうなのだろう。神智学は、音はエーテル界に属すると言う。

エーテル体への意識は、気への意識でもある。自己のエーテル体ないし気への関心度の強さは心身の健康につながるだろう。私がグリモーの演奏に魅されたのは、心身に健康的喜びを感じさせてくれたからだろう。女流のハスキルは、二種類の演奏ともほとんど聞こえなかったが、生来の彼女の病弱と関係がある気がする。

県立美術館で

二月の建国記念日、所用で金沢に行ったとき、県立美術館に寄った。各地の展覧会のチラシをまとめたコーナーで中村彝という名前が目に止まった。かつてタウン誌「谷中・根津・千駄木」のたまたま目に入ってきた編集後記に、彝は二度と見たくない字だとあり、微笑を誘われたのを思い出す。印刷に付されるまでが厄介だったのだろう。寺田寅彦が彝の思い出を書いたものをいつだったか青空文庫で読んだのも思い出す（「中村彝氏の追憶」）。

中村彝といえば〈エロシェンコ像〉だが、かつて都内で彝の同輩である鶴田吾郎の〈盲目のエロシェンコ〉とが同時に展覧されたことがあり、そのときは彝の〈エロシェンコ像〉より鶴田のほうを好ましく思った。彝の〈エロシェンコ像〉もすぐれていたが、エロシェンコの表情から何とも言えない感情が伝わってきて、それを否定的に受け止めた。彝は病身の画家だったと知っているいまは、エロシェンコの表情に彝の不幸の意識が混ざり合っていたからかもしれないと思う。

私にとって中村彝とは、〈エロシェンコ像〉よりあとに府中市美術館の常設展で出合った、林の木立を描いた〈風景〉の画家だ。小品だったが、一目観た瞬間、魅された。あんなときめくような魅せられ方はあのときだけで、ほかの画家のどんな絵からも経験したことがない。館内のショップでこの絵のカードが売られていますようにと祈ったものだ。

手に取ったチラシには、大きく「中村彝　生誕130年記念」とあり、「芸術家たちの絆展」とあった。主催は中村屋サロン美術館。中村屋は、彝たち画家や荻原守衛などの彫刻家を二十世紀の前半期に支援した新宿中村屋のことで、そんな美術館が近年出来たらしい。新宿中村屋の相馬愛蔵夫婦は何という奇特な人たちだったか。盲目の身で世界を放浪していた詩人エロシェンコも相馬夫婦に受け入れられ、彝や鶴田のモデルになった。その意味でこの美術館は相馬夫婦を顕彰する美術館でもあるだろう。

チラシの裏には中村屋に集った画家・彫刻家たちの作品写真が幾つもあり、鶴田の〈盲目のエロシェンコ〉もあった。ひときわ目を引いたのが野田半三の〈神田上水〉（一九一一年）だった。初めて知った絵だった。明鏡止水を文字通り絵に描いたような川面に強く惹かれた。煙突から穏やかに上る煙。それが川面に影を落とし、川面で動いている。遠景の薄青い建物群は蜃気楼のような美しさだ。

以上を書いた日の夜、テレビ金沢の小さな番組（五木寛之がナレーター）で、県立美術館へ行ったとき初めて対面した有名な絵が紹介された。金沢出身の鴨居玲の〈１９８２年　私〉。鴨居はこの絵の数年後、五十代で自死した。

茨城の笠間日動美術館に、画家たちが使ったパレットだけを陳列したフロアがあった。そこを見て回るうち、あるパレットの前に来てギョッとしたのを思い出す。パレットのほぼ全体に、暗く乾いた絵の具がほかのどのパレットともはっきり異なって六、七センチも盛り上がり、鬱々としたような内面が凝固したかのようだった。鴨居のパレットだった。

それから七、八年経って、そのパレットから産み出された鴨居の生の絵を県立美術館で目にしたことになる。

ひょっとして彝が書いたものが何かあるかと県立図書館のＨＰで調べると、『芸術の無限感』があった（昭和二十七年四季社刊）。題名もとてもいい。詩文と書簡から成っていた。所収の「自然を見る眼」は、府中市美術館のあの木立の絵から感じたものと共振するものがあり、嬉しく納得した（たとえば――「真の芸術家の眼には自然は単なる物質ではなく、偉大なる霊智によりて統一せられたる調和あるリズムの具顕として常に観ぜられて居たのである。」あるいは「自然を外的に支配しているものは、実にその本質に於て吾々一切を内的に支配しているものとまったく同一なのである」)。

『芸術の無限感』中の詩「光」はこうだ。

「空気は光の粉化したものだ
水は光の溶化したものだ
寶石は光の凝化したものだ
火は光の沸騰したものだ
土は光の残滓《かす》の聚積だ
人間にはその光がある
だから皮膚の色は太陽のように内から光っているのだ」

量子水学説的な詩だが、大正時代に作られている。同じ『芸術の無限感』中の詩「自分の求める絵」の次のような結び――

「自分が絶えず求めて止まないものは
自然の如く平明で、しかも自然の如く冥想を強ゆるもの

一見自然の如く明瞭にして、近づいて吟味すれば、益々その手法の解き難きもの
春の如き絢爛の装を凝らしながら、内に荒野の悲哀を蔵するもの
奔放する波浪の如き印象を與得つつ、しかも岩の如き構成を有するもの
霞の如き温き瑞気に包まれ、初夏の曙の如き甘き光に掩われながら、しかも内に深潭の戦慄と暗影と眩暈とを有するもの
自分はこういう絵がかきたい
こういう絵を絶えず見ていたい」

これも量子水学説的だ。彝の意識が自然の深奥に触れていたということだろう。絵だけにとどまらず言葉の使い手としてもすぐれている。「無形を見る眼」にはこうある。「純粋の視覚を有する吾々の画家にあっては」無形と有形の世界は不可分の世界であると述べ、

「有形でない無形もなく、又無形によらない有形もないのである。吾々は到る所世人の形態意識に上らない様な、自然の微妙な諸勢力の影響を見るが故に、世人の所謂無形と称すべき程度のものが、常に現実の上に明確なる投影を残し、そこに確然たる別個の有形の世界を成形しつつあるのを見る事が出来るのである。」

「青き栄光」という詩の前半部分はこうだ。高尾博士が説く、ゼロ点を起点として生起するエネルギーの螺旋運動と照応する表現が見られる。

「オリンプの山をめぐる
紫の栄光よりも
なお清く、
はてしなき蒼穹の奥に、
すぼまり行く、不動の大漏斗の中心に、
白熱の青き光輝もて
われ等が魂に奇しき力をおくる
栄光のしるきを見る。」

「漏斗」＝螺旋運動は万象において不断に生起している。その点で「不動の大漏斗」と形容出来る。この本が最初に出たのは大正十五年岩波書店からで、五回も版を重ねたと編集後記にあった。鶴田吾郎の跋文も収められていた。巻末の年譜では彝と鉄斎は同じ年に他界したと分る。鉄斎の享年は九〇近く、彝は三八だった。
いささか長いけれど、以下も引用せずにはいられない。

「一般科学者に依って認められて居る心霊現象の中に、透明体幻影と称する一つの現象がある。これは吾々が鏡面や水晶球や水面などの無色透明なる物体を凝視する時に表われる一種の幻覚を指して言うのであるが、自分の考ではこうした現象は、つまり各々の心霊が、如何に微妙なる蔭影を喜び、無形に近い物体の上にその姿を表示し度がる性質を持つものであるかと云う事を有力に証するものであって、これと同じ意味に於いて、心霊は固定せる色彩や形態を有する物質よりも、寧ろ好んで、太陽、大気、火、水、風等の如き流動する物質の微妙なる現象の上にその姿を表わし度がる性質のものであるということも明らかな訳である。されば若しも画家にして、これ等の諸勢力が物質に与える現象についてのデリケートな感覚を失わんか、彼は心霊についての正当な視覚を持つことは出来ないのであろうといっても、決して過言ではないと信ずるのである。

即ち科学的視力なるものは、決して一部の人々が信じて居るように無形視力を害するものではなく、寧ろ健実なる無形視力の正しき段階であるといっていいのである。つまり吾々の無形視力なるものは微妙精緻なる科学的視力をまってはじめて、その幽玄自在なる姿を明確に描き出すのであって、若しも吾々の物質観なるものが常に原始の状態に止まり、粗雑単純な概念に囚われて（運命観）居るならば、吾々の心霊は遂に永久に現実の中に活動の天地を失い、遂に枯死の運命に立ち至るより外はないのである。」（感想（その三））

これらの文章は、病気で自由に絵が描けなかった彼のもう一種の作品と言え、高尾説の文学的先駆けと言えるように思う。

口絵に絶筆の〈百日草〉が載っている。色彩や筆勢は達人の域にあるように思える。この筆勢から受ける快さは、絵の具を構成する原子たちの運動と調和しているからだろうか。

書簡からは、現在の台東区谷中五丁目に彝は一年くらい住んだことがわかる。そうとは知らず、私は彝のかつてのその住所のすぐ近所の喫茶店へインド直輸入の紅茶を買いに十五年以上通っていた。

この喫茶店は、彝という字はもう見たくないという文章が編集後記でたまたま目に入ってきたタウン誌「谷中・根津・千駄木」で教えられた。別の号だったのだろうが。

易とビートたけし

二、三十年前のことだったと思う。高齢の、六十は過ぎていた感じだったおばさんに易を見てもらった。お金を払わなかったのは確かだ。夜、真っ暗に近い更地のそばを通りかかったとき、更地の奥の建物の戸口におばさんが立っていて私を呼び止め、見料はいいからと中に入れてくれたような記憶がある。

薄暗い室内で机をはさんで対面して見てもらったが、このおばさんが言ったことが当たった。

驚異的に当たった。当たったとわかったのと、そう言われたのを思い出したのが同時だった。それまでは長い間ずっと忘れていた。

二つのことが当たっていた。一つは差しさわりがあるのでぼかして書くが、ある人物についてのことで、そのときおばさんは一言だけ言った――「○○さんはちょっとね」私はもっと具体的なことを聞こうとしたが、おばさんはうつむいてそれきり口を閉ざしてしまった。二十年くらい経って、これがあのとき言われたことなのだという確信を持つ経験をした。

もう一つは、あなたは自分が病気をしても自分で治してしまう人だと言われたことだ。そのときは現実離れしたことのように思ったが、十年ほど前から気が使えるようになり、それからさらに何年も経ってから（ようやく昨年になってから）なるほど気のことだったのだと納得した。これまでずっと病気らしい病気をしたことがなかったが、白内障の手術をした三年後、後発白内障にかかった。気で治したが、それが昨年のことで、かつて言われたことが現実のものとなったのとともに、言われたことを思い出したというわけだろう（「あなたは全部一人でやらなきゃいけない損な人なのよ」とも言われた）。

じつはこのおばさんは現実に肉体を持っていたのか、夢のなかで会った人だったのかはっきりしないのだ。おばさんに会う前後の記憶がまったく欠落している。だから、どちらかといえば、肉体が眠っていた間に会った人と思いなしている。

おばさんが当てた二つのことは、一方が当たったときもう一方も一緒に思い出したのではなかった。一方が当たったとわかったときから十年くらい経ってもう一方も当たったと分った。このへんも日常的物質世界での経験ではなかったことの現われと思う。

十年くらい前になるか、テレビにこんな場面が映し出された——ビートたけしが、かつての漫才コンビだったきよしと出演していた。彼らが夜の銀座の裏通りの真っ暗に近い更地のそばを通りかかったとき、更地の奥の建物の戸口に高齢の女性が立っていて、彼らを招き入れた。どこかで見たような場面だと思った。その道は私も何度か通ったことがあった。

たけしときよしが見てもらう場面が進むにつれ、彼らを見るおばさんの風貌があのおばさんととても似ているのに気がついた。年のころも同じだったばかりか、声や話し方も似ていた。あのときのことが現実だったとしたら、おばさんは二、三十年年齢を重ねていたから老婆になっているはずだったが、たけしやきよしを見ているおばさんはあのときとほぼ同じ年齢だった。だから同一人物であるはずがない。

だが、あのときのことが夢（というか非日常的世界）でのことだったとしたら、同一人物である可能性はあった。かつて易を見てもらったあのとき、おばさんと私は二人とも体外離脱した状態で会っていたと考えられなくはない。そういう条件下でおばさんは易を見立てたと……。

ありえないことではないと思う。おばさんの声は、夢から覚めたあと残った記憶中の声のようではなく、いまでもかなり明瞭な響きを保って記憶に残っている。

おばさんとたけしたちをテレビで観ていたときは、私は自分の将来に関して言われた内容を思い出していなかった。類似感が与える独特な雰囲気にもっぱらひたされていた。

こんな可能性も浮かんでくる——カール・セーガン原作の映画「コンタクト」に、正体は異星人なのだが、地球人の前に現われるときは相手が受け入れやすい他界した肉親の姿を採《と》るというのがあった。私の将来を見立てたあのおばさんも、銀座の易者おばさんとたけしが後年テレビで共演すると予知したうえでの、まるっきり別な存在による仮装だったという可能性だ。シャレたことをする存在と言うべきだが、ひょっとして〈隠れた編集者〉だったのだろうか。

ずっと忘れていたが、たけしについてはこんなことがあった。三十年以上前になるだろう。ツービートで売り出したころ、このコンビはテレビのＣＭに出ていた。当時こちらはツービートというコンビ名すらよく知らなかった。カメラのＣＭで、ツービート両人の顔が大写しになっていた。

ところが、テレビを観ていないときに自然と思い浮かんできたその二つの顔のうち、きよしの顔はちゃんと見えていたが、たけしの顔はくりぬかれたような空白を呈していた。どんな顔をしていたかまったく思い出せなかった。何も映っていない顕微鏡を覗いたときのような白い空白だった。そういう奇妙な経験が重なったので、こんどあのＣＭでどんな顔だったか確かめようと思っているうちにＣＭは放映されなくなった。

ひょっとして、あの奇妙な現象の理由がそのうち判るかもしれないので、易とは関係はないけれど、たけしつながりで書いておく。

以上を書いた二、三時間後、井伏鱒二全集第十八巻（筑摩書房）の目次を見ていると「易学雑誌から」という小文があった。易とシンクロしたので何かあるのかと思い、読んでみた。

井伏は書いていた――「易学研究」という雑誌を読むと、巌谷一六という明治時代の書家が即興の都都逸《どどいつ》を歌ったと書いてあったと。

一六の息子は御伽噺《おとぎばなし》で有名な巌谷小波であり、そのまた息子は、現在「文芸」編集長をしている巌谷大四なので、井伏はこんど巌谷大四に会ったら一六の都都逸を知っているか訊こうと思った。そのあと井伏は、雑誌中にあった専門用語を知らなかったので易学大辞典を見ていると、巌谷大四が訪れ、「文芸」に小説を書いてくれと言いに来た。

それから一週間後の三月上旬、所用で金沢に行った。金沢で過ごした高校時代から馴染みのうつのみや書店が香林坊のビルの地下に新店舗を構えていると知り、なかを見てみようと思った。精神世界関係のコーナーへ行くと、布施泰和・秋山眞人共著『シンクロニシティ「意味ある偶然」のパワー』（成甲書房）という新刊が目に止まった。一月末に発行されていた。

私はシンクロニシティ関係の本なら何でも読むわけではない。ほんの数冊読んでいるだけだ。ところどころ拾い読みし、立ち去りかけて思い直した。9．11や3．11とシンクロニシティとの関係について述べてあったほかに、気を引かれる点が何かあったと思い、買うことにした。

翌日の夜、残り少なくなったその本のページで、共著者の秋山がロシアのポルターガイスト調査委員会の人にポルターガイストの発生現場に連れて行ってもらったときのことを述べていた。「必ずと言っていいほど、部屋の窓の上に真丸の穴が開いていました。それもコンパスを使って精確に切ったような丸い穴です。」

（あっ）と内心に言った。かつてテレビで観て記憶に残ったビートたけしの顔の空白も丸い形をしていたと思い出した。秋山はポルターガイスト現象で見られた丸い穴は、エネルギーが放出された跡と見ていた。ビートたけしの顔のあの丸い空白もエネルギー放出のしるしだったのではないか。後年映画作りにも乗り出して世界的に名を挙げるほどの強大なエネルギーの場にたけしがなることの示しだったのではないか。

たけしの顔の空白部分は、不規則な毛羽立ちのようなもので薄く取り巻かれていた。しかしその内側は、コンパスを使ったようにと秋山が形容した通り、クッキリと正確な円形を示していた。その正確さ加減が異様で不自然に思えた。そのうち睡眠中にもそれが意識に上ってきて、こちらを見る一つ目のようにも見えてきたので、頭がおかしくなりそうに感じたこともあった。

そんな詳細がよみがえってくるうち、ようやく気がついた――たけしの顔のあの丸い空白は、高尾博士の言う、エネルギーのゼロ点と照応するのではと。ゼロ点を介しては恒星レヴェルのエネルギーさえ通過すると博士は言う。たけしの顔のあの丸い空白も、大きなエネルギーの場に彼がなっているという情報的現象だったのだろう。秋山が見たポルターガイストによって開いた丸い穴は、ゼロ点が実際に生じさせた痕跡そのものだったのだろう。

博士は、ゼロ点を通過するのは情報エネルギーだとも述べている。たけしの顔の丸い空白は、テレビ画面を観た私が彼から受け取ったゼロ点の透視的情報イメージと物質次元のテレビ画面の記憶が合体したものだったと考えられる。

もう一人の共著者布施は「量子論の世界は、唯物的な科学の世界と、唯心的な神の世界の狭間にあるような世界だ」と的確に述べ（あとがき）、その狭間で「困って立ち往生しているのが、「量子論の世界」なのかもしれない」と書いている（第6章）。それを打開しているのが博士の量子水学説だ。情報エネルギーは螺旋運動をおこないながらゼロ点を通過する。

ちなみに、たけしの顔の丸い空白を薄く取り巻いていた毛羽立ちのようなものは一体何だったのだろう。太陽にとってのコロナかプロミネンスのようなものだったか。

『シンクロニシティ　「意味ある偶然」のパワー』の秋山は、二〇一六年十二月に起きた博多駅前の陥没事故についてこう述べていた——「日本列島の形はよく龍の形にたとえられます。その場合、九州は龍の腰に当たります。つまり、あの丸い穴を見て、ああ、とうとう火の国・九州という日本の要に当たる丹田のような場所に巨大な穴を開けられたのか、と思いました。龍体の丹田に穴を開けて、すさまじいポルターガイスト的エネルギーを放出させて、誰かが一気に奪い去ったように感じました。」（第7章）

書店で立ち読みしていたとき私はこの数行を読んでいた。本を閉じて陳列棚に戻したときその記憶は薄れていたが、「丸い穴」や「巨大な穴」という言葉は、買わずに去ろうとした私をひそかに引き止めたのだろう。

「ひょっとしてそのうち、あの奇妙な現象の理由が判るかもしれないので、易とは無関係だが、たけしつながりで書いておく」と一週間前に書いていた。あれは予感にほかならなかったのであり、それは「丸い穴」や「巨大な穴」と共鳴し合い、私を引き止めたのだと思う。

陳列棚にあったあの本を手に取ったのは、うつのみや書店だった。半世紀以上前、金沢での高校生活が始まって一、二ヵ月後、立ち読みで開いた本の冒頭に「永いあいだ、私は自分が生まれたときの光景を見たことがあると言い張っていた」とあって衝撃を受けたのも、うつのみや書店だった。あのころは隣の片町にあった。

追記

本文の最後の四行は、本文を書いて二週間も経った三月二十三日に付け加えた。その三日前の三月二十日、SLJ便が配信された。OさんのUFOに関する文章が載っていた。Oさんが自宅玄関から外に出たとき非常に強く輝く星が見えたので（UFOですか？）と思念を送ると（その通り）と返答されたとか、そのあとUFOの内部や乗務員が観えたとか書かれていた。Oさんにそのことがあったのは一月十四日だったので三島由紀夫を思い出した。その日は三島の誕生日だったから。

Ｏさんはその後数日の間にそうしたチャネリング体験を三度した。そのうちの一度は一月十九日十一時二十五分のことだったので、また三島を連想した。三島の命日は十一月二十五日だったから。

考えてみれば三島は夜自宅の屋上に上がってＵＦＯの到来を待ったほどＵＦＯを信じていたし、ＵＦＯをテーマに『美しい星』（新潮社）を書いたから、三島とのこのＵＦＯシンクロはＯさんのＵＦＯ体験の真正さを示しているのだろうと思った。私が三日後に本文の最後の四行（三島が出てくる）を書き加えたのは、Ｏさんと三島とのＵＦＯシンクロから無意識に影響を受けてのことだったと思う。

私は三月二十日のＳＬＪ便へのお礼メールを返信したついでに、Ｏさんと三島とのこのシンクロを博士にお知らせした。するとその翌日博士から、地球の新生を祝す通信が霊界の三島から夫人に届いたとのメールがあり、さらに二日後の三月二十三日、その通信を博士が文字に起こしたものがメールされてきた。三月二十三日は、三島が出てくる本文の最後の四行を付け加えた日だった。それを付け加えたあと、博士からのメールが来ていると知った。

しかも、三島からの霊界通信は三月二十日のことで、そうとは知る由もなく私は同じ二十日に三島とＯさんとのシンクロを博士にお知らせしていた。

三島からの通信には、夫人の絵に「何度も寄らせて頂きました」とあった。博士はこれを、かつて私が自分のパソコン画面に映し出された夫人作の〈妙光〉の一部に三島の顔を数分にわたって見て取り、博士もご自分のパソコン画面に同じ像を見て取り続けた経験（詳細は『神奇集2』所収「元素転換、原子転換、量子水」）と直接つながると見ていた。私も同感だった。私と博士はパソコン画面を通して能登と九州でそんな経験を共時的に共有していた。

三島からの通信には「命を思う気持・心、人類を願う心は、貴女も私と同じ波動をお持ちの方でしたので、あなたの作品に寄らせて頂きました」ともあった。三島が自決した日、博士夫人は号泣したそうだが、それと響き合う言葉だと博士は書いていた。これも同感だった。

Oさんと三島、私と博士夫妻の計五人が関連し合った以上の成り行きは、博士夫人の霊界通信の真正さを示唆するだろう。

それは分らんぞ

小学生のころは夏休みになると、入り婿だった父の里帰りに連れられて、父の在所で数泊した。そんな一日、叔父に連れられて叔父の家に行って一泊したことがあった。小学四、五年だったろう。私は中学を出てからは故郷を離れて暮らしたので、叔父の家に行ったのはそのとき一度きりだった。叔父の家は父の実家から遠く離れた集落にあった。

あれから六十年近くも経った先日、私は弟の運転する車の助手席に乗り、叔父の家で催される法要に向かっていた。法要は叔父の妻の四十九日で、彼女は九十三まで生きた。叔父は三十年ほど前に六十代で亡くなっていた。

父の実家のある集落と叔父の集落との距離は三キロはあるだろう。道の両側は、田畑がひろがるだけの平地だ。その道のりの途中、叔父がプロ野球はどこのファンかと訊いたのを、同じ道を進む車のなかで思い出し、弟に話した。巨人ファンだと答えると、叔父は中日だと言った。地元に近い球団だから応援していると言った。

やがて、かつて叔父が小学生の私にそうしたように、弟は行く手に見えてきた山を指し、「あれが丸山や」と言った。丸山は山の名でもあり集落の通称でもある。私はなだらかで幾何学的に対称な丸山の稜線に目を当てながら、つぶやくように言った。

「あぁ、あの山の形は古墳やな」

「気のせいや。能登のこんな所に古墳があるか」

「それは分らんぞ」

平家の落人だった時国家や地元の旧家は一般にみなされているような農業だけでなく、製塩・製炭によって北前船で東北・北海道と交易していたと歴史学者の網野善彦は述べている（『続・日本の歴史をよみなおす』〈筑摩書房〉）。その勢力圏・文化圏は古墳時代から引き継いだものだったかもしれない。青森の三内丸山遺跡と能登の古墳はつながりがあるかもしれない。両方とも丸山だ。

「あれは火山の形や。富士山でも溶岩が流れてあんなふうな曲線になる。山のてっぺんに墓など作るか」

「日御子の墓は山のてっぺん近くにあるちゅーぞ。日本には古墳が四万もあるちゅう説もある」

ベリー西村の『陰謀』（明窓出版）でそう読んだときびっくりしたが、ありえないことではないかもしれないと思った。著者が長年交流しているらしい高次元存在からの情報のようだ。弟は私の古墳説に対して「気のせいや」を連発した。

法要から戻ると、弟は丸山から湧く水をタンクに汲んできていたので、二リットルのペットボトルにお裾分けしてもらった。一口飲むや、うまいと思った。あれほど甘さの目立つ水は初めてだった。丸山の集落に着くまでには急峻なかなり長い坂道があった。そこを登った山のてっぺんに集落が出来たのは、この水が湧いていたからだと思った。四十九日の忌明けを迎えた叔父の妻は、父の集落の水など飲めないと言っていたらしい。父も時折汲みに行っていたらしい。

夜になって金沢の妹と電話で話したとき、弟との会話に触れた。「標高二百メートルもない火山などあるか」と言い終わらないうちに妹が言った。

「父ちゃんが古墳やったちゅうとったよ」

「そうか！　やっぱりな」

誰の墓かも分らなくなって住み始めたのだろう。火山だったなら、それが言い伝えられて人は住もうとしなかったろう。

それから数日して、丸山は古墳だと思うと、いつだったかずっと以前に父が私に言ったことがあったのがぼんやりとよみがえってきた。古墳という言い伝えがあるわけでなく、自分の見解という言い方だった。

ひょっとしてそのときだったかもしれない——二、三十年前、父に訊いたことがあった。父の集落の人たちは、辺鄙な山間部にもかかわらず上品な顔立ちの人が割と居るのは平家の落人の血を引いているからではないか、と。

「それは分らんぞ」

父の言い方は、否定はしないというニュアンスだった。時国家は山を越えるとそれほど遠くない。平という苗字ではないが、集落出身の明治生まれの人で時国という名の人が居ることを私は挙げ、平時国を意識して名づけられたのではないかとも父に言った。

一、二年前、池田史郎さんから研究論文と一緒に届いた手紙に、池田さんは平家の末裔とあったのを思い出した。その手紙を書斎の一隅から引っ張り出し、再読した。

池田さんは平清盛の末弟に行き着くと書いていた。清盛の正室時子は平時忠の姉で、時忠の子が時国だ。

池田さんによると、平家は古代イスラエル系シメオン族の子孫だそうで、オーリングテストをしたら私もシメオン族と出たらしい。何かのご縁でしょうと池田さんは書いていた。平家つながりがあるのかもしれない。

その後、こんなことがあったと思い出した。三十年以上前、自動車専用道路が私の町と金沢との間を結び、高速バスが運行するようになった。その結果、めったに鉄道を利用しなくなったが、七尾線を南下する途中、右手の樹林越しに、水田に囲まれて緑色のこんもりした低い丘が見える。人工的な長円形に見えるので、私は高校時代くらいからあれを古墳の跡ではと思っていた。それを父に言ってみたことがあった。父はあっさりと否定した。

父が丸山は古墳だと思うと私に言ったのはあれよりあとだっただろう。父の丸山古墳説は私のあの古墳説に端を発していたのではないか。もし父の丸山古墳説のほうが先だったなら、私の古墳説をあんなふうに否定しなかっただろう。

最後に、弟の火山説にも分があると言っておこう。後に読んだ長池透の『超高速の光・霊山パワーの秘密』(今日の話題社)によると、二百メートル程度の山でも地中数十キロまで掘ると、マグマの痕跡が見つかる場合があるという。

間奏曲

楽曲を聴いていて天使群のイメージが浮かんできたことがこれまでに三度ある。最初はブルックナーの「テ・デウム」をヨッフム=ベルリン・フィルのレコード演奏で聴いたとき。FMで聴いた。二十代後半のころだったから、四十年も前の話だ。この経験についてはこれまで少なくとも三度書いた。一番最近は「ブルックナーのゼロ場」だった。

二度目もブルックナーの曲だった。交響曲第三番。ブルックナーがワーグナーに献呈した曲で、「ワーグナー」のニックネームが付いている。やはりFMで聴いていたときだが、ブロムシュテット＝N響の生放送だった。十年くらい前のことで、第三楽章を聴いている最中《さいちゅう》、突発的に浮かんだ。天使群が旺盛に躍動しているイメージだった。

一方、「テ・デウム」のときは絶えず微妙にゆらいでいる感じだったが、おおむね静止していた。また、イメージはときに弱まったりして延べ数分続いたが、「ワーグナー」のほうはほんの数秒だった。

気に入りの楽曲の演奏は、持っていても二、三種類だが、「ワーグナー」のCDに限っては七種類持っている。天使群のイメージが浮かんだのが理由ではない。ああいうイメージは望んでもすぐ叶うものではない。そうではなく、終楽章のコーダの書き方に惹かれてのことだった。二十種類くらいの演奏を聴いたと思うが、とくにブロムシュテット＝N響の演奏がいまだに印象に残っている。

三月半ば、久しぶりにこの終楽章のコーダをＹｏｕ　Ｔｕｂｅで数種類聴き比べながら、どうしてこうもこの箇所に惹かれるのか省察してみた。

もっぱら惹かれているのは、金管がゆったりとした旋律線を描く一方、弦の大きな集団がスピード感たっぷりに休みなく専一に急進するという、コントラストの妙だ。ゆったりした、決して速くない旋律線とスピード感の充溢とが同時的に展開する。同時的運動のバランス感。はたと気がついた。

それらは、高尾説で言う、ゼロ点から互いに反対方向へ螺旋運動するエネルギーの表象となっているのではないか。

一度ならず書いたことだが、私は母の痛む膝に気を当てようとかざした自分の手のひらの下の小さな空間に、高尾説で言う、互いに逆方向を成す螺旋運動エネルギーと思われるものが数珠つなぎに（まさに数珠くらいの大きさで）幾つも連なりながら高速運動するさまを目撃したことがある。互いに逆方向に運動する速度は同じに観えた。この高速運動に、「ワーグナー」のコーダでの弦の一途に急進的な演奏がシンクロ＝同調するかのようだったので私は長年の間惹かれ続けたのだろう。

コーダでのゆったりした速くない声部と急進する声部とのコントラスト。それは、あの世次元からこの世次元へ来るエネルギーと、この世次元からあの世次元へ去っていくエネルギーの表象になっていると思う。意識下にあったそれに導かれるようにしてブルックナーが表出したのが「ワーグナー」のあのコーダではないか。この世方向へ来るエネルギーが急進一途なら、あの世方向へ去るエネルギーは、この世次元にある者の意識にとっては、たとえ同じ速度でも相対的・心理的に遅く感じられるだろう。

「ブルックナーのゼロ場」では、ブルックナーはゼロ点＝ゼロ場に対する感受性から、ブルックナー休止と現在呼ばれている独特の作曲法を採用したと見られると述べた。「ワーグナー」のこのコーダの書法も、ゼロ点＝ゼロ場と彼との親和性を物語るもう一つの例と見ることができる。

そういうわけだから、私が七種類もＣＤを所有している以外に何種類も演奏を聴いてきたのも、私自身の親和性に基づく本能的な探求心からだったのだろう。

そういえば、「ワーグナー」のＣＤを収集し始めたのは、気を使えることに気がついて以降のことだった。母の膝に気を施すべく手をかざしたときゼロ場螺旋運動とおぼしき現象が観えたあのとき以降のことだった。

天使群のイメージが浮かんだ三度目の演奏を挙げるのを忘れていた。同じくブルックナーの「ワーグナー」だが、第四楽章の冒頭で、ほんの数瞬だった。クルト・ザンデルリンク＝ライプティヒ・ゲヴァントハウス管弦楽団の演奏をＣＤで聴いたときだった。ＣＤデッキからの音響に天使群のイメージが混じり合って浮かんだ。ブロムシュテットの「ワーグナー」のときは、ＣＤデッキからの音響と並置的に浮かんだ。ＣＤデッキで聴いた点は同じだったが、ブロムシュテットのときはＦＭ電波を通してのコンサート会場からの生放送だった。ザンデルリンクのほうはＣＤデッキ内のＣＤが音源だった。その差が現われたのだろう。

一度目の「テ・デウム」をＦＭで聴いていたときは、私は四畳半の部屋のなかに立っていて、天使群のイメージは、スピーカーと自分との間の空間の、頭より少し上に浮かんでいた感じだった。

前に、私の直近の前世は外国人だと思うと書いた。イギリス人だったように思うとも（「前世と加賀藩」）。天使群のイメージが三度も浮かんだのも、前世は外国人としてキリスト教世界で生きたことを物語っていると思う。天使群のイメージと言ってもクリアーなものではない。人型の群像がイメージとして浮かび、それを私は天使群と受け取った。たとえば仏教の菩薩の集団とは受け取らずに。

今生ではキリスト教会には惹かれなかったが、三十代のころキリスト教神秘主義に惹かれ、アヴィラの聖テレジアや十字架の聖ヨハネを読んだのを思い出す。そのあたりが前世とリンクしてくるのではないかと思う。

近ごろ、この『隠れた編集者』はそろそろ終わりになるような感じがしてきていた。だが、この小文の題名として間奏曲という言葉が自然に浮かんできた。間奏曲なら、少なくともまだしばらくは続きが書けるということか。

接着的シンクロ

「間奏曲」で触れた、母の膝に気を施すべく右手をかざしていたとき目撃出来たあのゼロ場運動は、全体として薄赤い色をしていた。母の膝の血の巡りの悪さを高次の血液的なもので癒していた現われだったと思う。だから、あの薄赤い色をしていたものを量子血液とかつて書いたことがある。

そろばん玉という比喩を思いついたので、それを使ってあの現象を改めて描写・説明してみよう。

そろばん玉を真横から見た場合を想像してほしい。それが六、七個縦に連なっているさまを想像してほしい。あの現象での〈そろばん玉〉たちはそろばん玉ほど扁平でなく、輪郭も直線的でなく、曲線的な丸みを帯びていた。二つの〈そろばん玉〉の境界部分は融合し合い、全体は紐状になっていた。つまり、紐のところどころに〈そろばん玉〉が横に出っ張っていた。〈そろばん玉〉たちは見えないいろくろに回されているように、高速に横回転していた。横回転しながら紐の全体は上から下に流動しているようにも、下から上に流動しているようにも見えた。そのどちらなのか見極めようとしたが、どうしても出来なかった。実に奇妙な運動の仕方だった。

高尾説によればこうだ。ゼロ点からエネルギーが螺旋状に拡大していく運動がある。この運動をゼロ点から百八十度回転させると、ゼロ点へ向けてエネルギーが螺旋状に縮小していく運動になる。この二つの螺旋運動はゼロ点でくっついている。これが、ゼロ点を介してゼロ場で生じるエネルギー運動のワンセットだ。

ゼロ場は発生と消滅を繰返すと言われる。言い換えれば、ゼロ点は一所にとどまらず位置の変移を繰返す。〈そろばん玉〉一個とは、一つのゼロ場の片側の螺旋運動と、その消滅を補填すべく発生したもう一つのゼロ場の片側の螺旋運動が背中合わせにくっついた形態と見られる。この背中合わせにくっつかせて〈そろばん玉〉のような形にした力と、拡大・縮小の二種類の螺旋運動をゼロ点でくっつかせた力は同じものだろう。それは神秘力と言うしかない。表面張力の一種か。

〈そろばん玉〉の幾つもの連なりが上から下へ流動しているとも下から上へ流動しているとも見えたのは、ゼロ場が消滅しないうちにそれを補填すべく発生した次のゼロ場が、ゼロ点の変移とともに数珠つなぎに継起したありさま（言い換えれば、上から下と下から上の両様の流動を伴うゼロ場の消滅と発生が数珠つなぎになったありさま）だったと推定出来る。

私が目撃したのは、ゼロ場の発生・消滅が連なったエネルギー現象の軌跡的残影だっただろう。ちょうど、地上で見る太陽の光は八分前の太陽の光の残影と言えるように。

高尾説は、太陽の中心には巨大なゼロ点＝ゼロ場があるという。それは、連続的＝永久的に発生・消滅を定点的に繰返すゼロ点＝ゼロ場の巨大集合とも言えようか。

ゼロ場は森羅万象において発生・消滅していると高尾説は言う。私は自分の手のひらと母の膝との間のごく小さな空間で発生・消滅したゼロ場を目撃したのだった。

右の文章は三月十八日から書き始めた。初めは、「間奏曲」の末尾に加えたかたちで書いたが、途中で思い直し、独立した一篇にすることにした。

パソコンがシャットダウンできなくなっていると気づいたのは十九日の朝だった。神霊の介入ではと思った。十八日の午前中に立ち上げようとすると、立ち上げる必要はない状態だった。シャットダウンしていなかった。キーボードの押し方が弱かったのかもしれないと思ったが、そのときから既にシャットダウンできなかったのかもしれない。

シャットダウンできなかったのは前にもあったと思い出した。あのときは私のパソコンとシンクロしたかのように博士のパソコンもダウンした。そのことは「隠れた編集者」でも書いた。今回も高尾博士絡みかもしれないと思った。

一方、それとは無関係に、精一杯気を入れて書けと示唆するためにシャットダウンさせなかったのかもしれないと思った。というのは、比喩というものは、比喩するものと比喩されるものの両方を読者が知っていてこそ理解が期待出来る。〈そろばん玉〉という比喩は、比喩される元の現象を知らない読者にどれだけ有効だろうという思いが、書く途中浮かんだ。そういう思いは文章を濁らせて不完全なものにする。そうなるのを戒めるためのシャットダウン不能だったのではとも思った。

三月二十日の六時過ぎ、書斎で起床するとすぐ、最後の仕上げに着手した。予期した通り朝食までに終えられた。

二時間ほど経った九時過ぎ、ＳＬＪ便を受信した。二十世紀前半、物理学者マヨラナが失踪した事件があった。マヨラナという名前はＳＬＪ便で教えられたが、マヨラナは失踪後どんな生活を送ったか知りたく思い、ジョアオ・マケイジョの『マヨラナ　失踪した天才物理学者を追う』（ＮＨＫ出版）を部分的にだが二ヵ月前に読んだ。そのなかに物理学者ファインマンが考案したダイアグラムへの言及があった。そのときこのダイアグラムと高尾説とはどうつながるのだろうと思った。その説明が今回のＳＬＪ便で高尾博士によってなされていた。

それだけではなかった。二時間前私が、ゼロ場での双方向の螺旋運動をゼロ点でくっつけた力と、双方向の螺旋運動を背中合わせにくっつけた力のことを書いたのと合致するコメントがあった――接着剤機能を持つとして一九七九年に見出された素粒子グルーオンの実体はゼロ点にほかならない、と。重力と反重力がせめぎ合う場としてのゼロ点は、あらゆる力のうち最も強力な重力と反重力とを接着させていると。

私のパソコンがシャットダウン出来なくなったのは、博士のコメントとのこの一致、このシンクロニシティを暗示していたのだと思った。このシンクロニシティ自体、一種の接着によって二つの事象を引き合わせたと言えなくもない。

おそらく、ゼロ点の接着剤的機能は、ゼロ場全体に波及し、双方向の螺旋運動を背中合わせにも接着させ、〈そろばん玉〉を形成したのではないか。接着剤的機能だけでは〈そろばん玉〉のような整形は出来ないという問題は残るかもしれないが（それとも表面張力だけで説明出来るのだろうか……）。

後日、パソコン会社に電話してシャットダウン不能を直してもらった。パソコンがフリーズしたからと教えられた。なぜそうなったのかは不明とのことだった。

大きな事件の発生と関係して立花隆氏とのシンクロが起きたことがこれまでに三回あった。『ハムレットと熊本地震』、『神奇集』、『複脳体験』（たま出版）などで触れた（それぞれ「立花、武満、シンクロニシティ」「北山崎、大震災、原発事故」「ふしぎな一日」に所収）。この三回の時間的なひろがりは二十年以上ある。

どうしてこうも立花氏とのシンクロが度重なるのかと思ったことがある。どうやらこれも一種の接着現象の結果とみなせそうだ。

『ハムレットと熊本地震』ではこんな意味のことを書いた――立花氏は吸熱傾向の人であり、他界へ向かうエネルギーと同化しやすいタイプだと。死滅方向的なパーソナリティとも言える。何しろ『臨死体験』（文藝春秋）を書いている。一方、長年自発的に胎児記憶に関与してきた私は誕生方向的で発熱的なパーソナリティと言える。他界から来るエネルギーに同化しやすいタイプと言えるだろう。発熱と吸熱（あるいは誕生と死滅）をそれぞれ体現する私と立花氏二個のパーソナリティがゼロ点で接着し、シンクロニシティを発生させたと考えられる。

事実、三回のうちの最初の二回では立花氏と私はごく短時間ではあったが、互いに肉体的に接近していた。三回目では二個のパーソナリティは遠距離（能登とたぶん東京）にあったが、先行した二回の体験によって、ゼロ点発生のための見えない回路が機能するようになっていたのではないか。

シンクロニシティは、パーソナリティや数字や意味や音や時間などがゼロ点で接着することに伴って発生すると言えるのではないか。

それともこう言うべきだろうか――シンクロニシティが、パーソナリティや数字や意味や時間をゼロ点で接着させる、と。シンクロニシティはゼロ点のゼロ点なのかもしれない。

名前の引力

前々から不思議に思っていたことがあった。二つの出来事が似ている点についてだ。

四年ほど前のゴールデンウィークだったと思う。金沢の友人Uが妻と一緒に拙宅を訪れた。不意のことだった。Uが前回拙宅を訪問したのは結婚前で、三十年ぶりくらいだった。金沢から車を運転して隣の能登町にある外国人シェフの民宿レストランで食事をしてきた帰りと言っていた。ちょうど老母は迎えの車の来るのを待っていた。知人に連れられて生け花関係の催し物に行くのだったと思う。十分か十五分くらいして知人の車が表に止まり、老母は出て行った。

あと二十分U夫婦が来るのが遅かったなら老母と会わなかっただろう。そのことが何か印象に残った。

二年前の四月、やはりU夫妻が訪れた。町外れの来迎寺《らいこう》にある天然記念物の菊桜を気分転換に観に来たが、あまり開花していなかったと言っていた。仕事のストレスで心身が思わしくなかったが私の霊力に当たってリフレッシュできたと、帰るころ合いになって言った。意外だったが嬉しいことを言ってくれた。

このときは妹がちょうど金沢から来ていた。妹もUも金沢在住だが、両者が金沢で会ったことはないはずだ。妹もU夫婦も明るいうちに帰った。妹は老母の様子を観に来てくれていたのだが、それは月一回のことだったから、U夫婦とのこの出会いも、起こる確率は小さかった。

以来ときどき、この二度のU夫婦訪問をふと思い出しては、何か偶然と割り切れないようなものを感じていた。

今回ようやくその理解を得られたと思う。

私の祖母は四人の子どもを産んだ。成人したのは長女である私の母だけで、あとの三人は乳幼児のうちに早世した。四人の子どもの名前は私の友人たちの名前と小さくない関係がある。字も読み方も同じ名前もあれば、字の外見が酷似していたり、読み方が同じだったり酷似していたりだ。

読み方が酷似しているのは母の名前に関してで、母は茂子《しげこ》だが、十年ほど前に死去した友人は重樹《しげき》だ。友人の友人で二十年前から毎年年末か年始に麻雀卓を囲むようになった男は繁《しげる》。彼と私の共通の友人の名前は哲郎で、祖母の子どもは哲朗。祖母の次女は是子《よしこ》といったが、いずれそんな名前の女性が自分の前に現われるのではと予期していたら、同じ読み方の女性がガールフレンドになった。是子は二ヵ月しか生きなかったが、それと比例してのように彼女との付き合いは数ヵ月だった。

祖母の産んだ子どもの寿命と友人たちの寿命にも相関関係が見られる。対比的な相関関係。母茂子は、早世した三人と対照的に九十を越える長寿で現在も存命している一方、母と似た名前の重樹は五十代で死去したから長寿とは言えない。一方、早世した長男と次男の寿命はそれぞれ三歳と一歳だった。だから、彼らに対応する名前の友人たちは対比的に長寿になるだろうと思っている。

祖母の産んだ四人のうちまだ挙げていない名前は和也だ。Uも和也なのだ。字も読み方もまったく同じ。祖母の子どものほかの三人と比べて言霊上、結びつきが強いように思う。老母がもうすぐ外出しようとしていたときUが訪れて両者が顔を合わすことが起きたのには、他界の和也の存在が関与しているのではないか。

Uが短い限定された時間内で妹と顔を合わせたのも、そのヴァリエーション的現象と言えると思う。母の死んだ兄弟和也の影であるUは、母の産んだ子ども（妹と私）にまみえたというわけではないか。

この二つのケースでの、老母とUの行動上の時間的近さや、妹とUの行動上の時間的近さは、他界の和也とのつながり（つながりの影）がこの世に現われるための条件なのではないだろうか。

私は高尾説のことを考えている。高尾説によれば、この世には重力が行き渡っており、あの世には反重力が行き渡っている。エネルギーの流れ方も異なっている。これらから類推してこの世の時間はあの世の時間と異なっていると考えられる。

高尾説によれば、この世の重力やエネルギーのあの世との境目になっているのは、ゼロ点だ。ゼロ点の周辺にゼロ場が形成される。この世のエネルギーもあの世のエネルギーもゼロ場では螺旋形を描く。両方の螺旋形の尖端がゼロ点になる。ゼロ点で両方がつながっている。ゼロ場のこの世サイドではエネルギーや重力が極小になっている。従って、時間もそこではすぼまり、収束的になっているだろう。このすぼまり、収束の現われが、妹とUそして老母とUという二つのケースそれぞれでの両人の行動時間の近接（①）になり、同時に行動空間の近接（②）にもなったと考えられる。

この世の時空がすぼまったこのゼロ場的状況下で、かつて和也という名前だったあの世の存在が、同じ名前のUと言霊的に引き合い、老母とUの出合いや妹とUの出合いをもたらしたと言えないか。家という場を契機として。

四つの要素が揃わねばダメだっただろう――家という場、和也という名前の同一性、それに①と②だ。主導したのは和也という名前の同一性と家という場だったろう。この二つがあの世次元と直接的につながっていただろうから。①と②はあくまでゼロ場のこの世サイドに属していた。

とはいえ、①と②の成立のためには、老母、U、妹たちの協力関係があったのではと思う。無意識なレヴェルの協力関係であるのは言うまでもないが。

この協力関係はおそらく霊的世界との調和意思に基づいたものだっただろう。それは連帯だったともおそらく言える。

ついでながら、もう一人の友人についても一言。彼とは、学生時代に知り合ったほかの友人たちより十年ほど遅れて知り合った。名前は修。義弟すなわち妹の夫も修だ。妹が夫修と結婚した翌年、友人修と知り合った。

まだある。友人哲郎と親しい金沢出身の文筆家安宅《あたか》夏夫さんのことだ。あるとき、哲郎が持っていた安宅さんの土地家屋関係の書類を見せてもらっていたら、安宅さんの父は石太郎という名前と判った。私の祖父も石太郎だった。安宅さんは私より一世代上だから、二人の石太郎は同世代ということになる。

祖母の名前は花だった。花と石では間に出来た子どもは生を保ちにくい。一人だけ生き残った母は、植生の強さを反映するかのように茂子なのだ。

まだある。義弟の修の父は幸男で、私の叔父の一人は幸夫、Uの父親は幸雄だった。私が深く影響を受けた作家は由紀夫だった。以上四人は同世代だった。四人とも残らず故人だ。

ところで、私の住む穴水町は鎌倉時代からは長谷部家が治めた。何年か前のあるときUはこう言った――自分の先祖は長谷部家の血筋で、長谷部から取った苗字Cをかつては名乗っていた。穴水にはCを名乗り続けている人がいまも住んでいる。遠い親戚になるが、付き合いはまったくない、と。

近所のCさんがすぐ浮かんできたので、Cさんの職業を言うと、そんなような仕事をしていると聞いたことがあるとUは言った。Cさんの家は、拙宅の背戸の筋向かいだった。

付記

Uの誕生日は一月二十八日だが、それは私がベケットに会いにパリに行ったときベケットが指定した日でもある。ちなみに、Uの現在の勤め先の上司も、Uの妻の勤め先の経営者も、Uの長男の勤め先の経営者も、私の高校時代の同級生だ。三人目の同級生は、三島由紀夫が主宰した楯の会の会員だった。

遠近法という象徴

書斎に数十冊の本が別に置いてある。途中で放り出したり、ちょっとしか読まなかったり、全然読まなかった本だ。大半が文庫本で、買ってから何年も経っている。ちょっとしか読まなかったか全然読まなかった本には書店の紙カヴァーが付いたままだ。

「名前の引力」を書くときから、読む本を切らしていた。書店のカヴァーが付いた本でどんな本だったか思い出せない文庫本があった。開いてみると、エルヴィン・パノフスキーの『〈象徴《シンボル》形式〉

としての遠近法』（筑摩書房）だった。同じ著者の『イコノロジー研究』（筑摩書房）が面白かったので（拙著『生まれる前の記憶ガイド』（審美社）でも引用した）、続けて『イデア』（平凡社）も読んだあとで買ったが、構文が複雑過ぎてどうにも読みにくく、二、三ページで放り出した。本文の分量は長めの短篇小説くらいだったが、注が本文の二倍くらいあったので（ゲッ）となったのも原因だったろう。

今回、注は無視して読まず、本文だけを読むことにした。というのは、パラパラめくると、ある絵の遠近法的略図が目に入ってきた。画面の正中線上、上部の一点に向けて、上下左右から多数の線が遠近法的に収斂していた。それを観て一つの考えが浮かび、読んでその妥当性を確かめてみようと思ったのだ。ディルク・バウツという知らない画家の〈最後の晩餐図〉の略図だった。

目に入ってきたその遠近法略図は、高尾説の言う、ゼロ場で生じるエネルギーの螺旋運動の凍結された表現ではないかと思った。すぼまり行くエネルギーの螺旋運動が無意識に表現されたものではないかと思った。

通読してみて、パノフスキーが書いていたことと整合すると思った。古代からヘレニズム・ローマ期、イタリア・ルネサンスを経てディルク・バウツの〈最後の審判図〉に至った空間表現や遠近法表現のプロセスは、ゼロ場での螺旋運動エネルギーの無意識な視覚的表現のプロセスと言えると思った。パノフスキーもこの〈最後の審判図〉の遠近法を到達表現と述べていた。

何に無意識的に同一化していたかと言えば何よりもまず、高尾説で言う、あの世からこの世へ来るエネルギーの螺旋運動だったろう。それは進化途上の「若い」心魂にとって同一化しやすい、一種の自画像のようなものとなっていたと考えられる。〈最後の審判図〉の遠近法は、見たところそれとは逆方向だ。この世からあの世方向へすぼまりながら消失していく方向性を持っている。当然それは宗教画が刺激する神への帰一性と調和・シンクロする。程度の差はあれ「死を忘れるな《メメント・モリ》」を想起させもしただろう。だがそれらと同時に、画面上に表現されたこの方向性は生理的な錯視傾向を刺激し、逆方向の、あの世からこの世方向にもたらされる螺旋運動の形象も与えたと思うのだ。と言うか、生理的な錯視はゼロ場の螺旋運動が意識下から影響を与えている現われではないだろうか。

パノフスキーはこの論文の結論部分で、こう言っている。――「遠近法は、宗教芸術に、あるまったく新たなものとして幻想的《ヴィジオネール》なものの領域を開いてやるのであり、この領域においてこそ、超自然的な出来事が観賞者自身の、一見したところ自然な視空間に押し入り、まさしくそうすることによって観賞者にその出来事の超自然性を本当の意味で「内的」に悟らせることになるので、その奇蹟が観賞者の直接的な体験となるのだ。」（木田元監訳、川戸れい子・上村清雄訳）。「県立美術館で」で挙げた中村彝の文章と相通ずるものがある。しかも同時代に書かれている。

あるいは、「遠近法的な空間表現は、実体《ウーシア》を現象《ファイノメノン》に変えることによって、神的なものを単なる人間の意識内容に切り縮めるように見えるが、しかしその見返りに逆に、人間の意識を神的なものの容器にまで広げもするからである。」ゼロ場を超感覚的＝無意識的に知覚しながら書かれたような文章であり、ゼロ点を境に展開するあの世方向へのエネルギー螺旋運動とあの世方向からのエネルギー螺旋運動の並存を言う高尾説と調和する。

　頭の回転という言い方がある。頭の何が回転するのだろう。ともかくそれは、人々のコンセンサスによって定着した言葉に間違いないだろう。ゼロ場螺旋運動は脳内活動で不断に生じている。頭の回転が速いということはゼロ場螺旋運動が密に円滑に連続して働くということだろう。それが各人の意識下で知覚＝集積され、さらにまた集合無意識的に集積されて自然発生したのが頭の回転という言葉ではないだろうか（一ヵ月後、こんな文章に出合った――「ドストエフスキーの『白痴』は、何度読んでも、大きな渦巻きのなかへ頭から巻き込むようにして若者を巻き込み、ときには、その大渦巻きの、回転する水の壁が見えるように思い、エドガー・ポーの大渦巻き《メイルストローム》さえが垣間見えるかと思うことさえあった。」（堀田善衛『若き日の詩人たちの肖像』（新潮社）第三部）

　ゼロ場螺旋運動は回転運動だが、その流れに切れ目はない。意識や思考の流れにも切れ目はない。しかし、意識や思考を表わすものとして人は文章という切れ目を持ったものを作る。『〈象徴形式〉としての遠近法』の文章はとても長い。切れ目を排除し遠ざけようとするかのように。その一方、文章中に、同じほどかときにはそれ以上の長さの文章が挿入される例も多い。挿入文中にさらに挿入される場合もある。元の文章と挿入文は並置的であり、さながら、一つの周回が次の周回と並置されながら展開していく螺旋運動のようでもある。当時三十二、三歳と若かったパノフスキーは、ゼロ場螺旋運動に無意識に同調し同化しようとしていたと想像される。

そういう意味で、パノフスキーの文章と、彼が扱った遠近法的美術史は、両者から窺える心魂の若さ（進化途上という青春性）においてシンクロしていたと言えるように思う。

二十世紀前半に書かれたこの論文と、最先端かつ決定的な量子論である高尾説との間にシンクロが起きているのは、それほど意外なことではない。この論文が書かれたとき、先駆け的な現象が既に存在していた。パノフスキーが驚異的に該博な美術的知識をもってこの論文を書いたのは一九二四年から二五年のことだ。同じ一九二五年、ハイゼンベルクやシュレーディンガーの量子力学が現われていた。中村彝の文章もこれらとシンクロしていたことになる。ゼロ場理論を含む高尾の量子水学説が現われたのは、これらから七十五年後の二〇〇〇年だった。

書斎で『〈象徴形式〉としての遠近法』をパラパラめくって目に入ってきたのがディルク・バウツの〈最後の晩餐図〉の特殊な遠近法略図ではなく普通の遠近法の絵だったなら、ゼロ場の螺旋運動を連想せず、以上の文章を書こうと思いもしなかっただろう。何と言ってもあの遠近法略図が書く契機になった。では、あれが目に入ってきたのは偶然だったのだろうか。

あのときより何日か前、私は書店のカヴァーが付いた文庫本に手を伸ばし、どんな本だったかを見ていた。そのことをあのときには忘れていた。見ていたなかには『〈象徴形式〉としての遠近法』もあったが、そのことも忘れていた。何日か前に『〈象徴形式〉としての遠近法』を手に取ったとき予感のようなものが働いていたのではないか。

しかしそのことを忘れたことが、予感のようなものが現実化する条件だったのだろう。忘れなかったなら、私は書店のカヴァーが付いた文庫本たちを改めて見ようとしなかっただろう。この忘れている状態（真空状態的な意識）に〈何か〉が刺激を与え、書店カヴァーの付いた文庫本にもう一度手を伸ばさせたのだろう。

私は、何冊もあった書店カヴァーの付いた本のうち自然と真っ先に、『〈象徴形式〉としての遠近法』を包んだ本に手を伸ばしていた。そしてその〈何か〉はパラパラめくり始めた私の意識をあの遠近法略図に向けさせ、ゼロ場の螺旋運動を連想させたのではなかったか。

何日か前にあの本を手に取ったとき予感のようなものが生じたというよりも、その時点で既に〈何か〉に意識を刺激されていたと言うべきかもしれない。

〈何か〉は、〈隠れた編集者〉ではなかったろうか。

忘れるということは一種のゼロ場を用意しないだろうか。興味深いのは、この一種のゼロ場の時間的な両サイドに、書店のカヴァーの付いた文庫本の書名を見てみた私の行為が位置していることだ。

この二つの行為ないし事象は、ゼロ点をはさんで生じる二つの螺旋運動を連想させる。二つの行為のうち時間の早い方の行為が引き金となって（何かあるという情報エネルギーとなって）、遅いほうの行為のなかで一つの現実化（ディルク・バウツの〈最後の晩餐図〉の遠近法略図のページを開くこと）が生じたと考えられる（堀田善衛の『若き日の詩人たちの肖像』を手にしたときも何かあるような感じを持った)。

書店のカヴァーの付いた文庫本は、八畳の書斎兼寝室の二箇所にあった。一箇所には手を伸ばしていなかった。そこは『〈象徴形式〉としての遠近法』があった場所より少し近かったのだが。

付記

前文でパノフスキーと高尾説や量子論とのシンクロについて言及したが、パノフスキーと私自身とのシンクロも起きていた。ずっと以前のことだが。

十数年前、二〇〇四年のことで、拙著『生まれる前の記憶ガイド』の最後の校正刷りが届くのを待っていたときだった。池袋の書店リブロで平積みされているのが目に留まって面白そうだったので買っておいたパノフスキーの『イコノロジー研究』を読むうち、校正がまだ終わっていない自作中に引用すればピッタリな箇所に出くわした。

パノフスキーがそこで述べていたのはミケランジェロの彫刻についてだったが、わずか二行ほどのその文章は、拙作中の二種類の文章(ロダンの彫刻について述べた文章と埴谷雄高の小説について述べた文章)と両方一緒にシンクロし、私の文章を支持してくれたのだ。あまりのシンクロぶりと、タイミングよく印刷に間に合ったのとで、何かインチキでもやったような感覚に包まれた。

ノートを調べると、『イコノロジー研究』のその箇所を読んだのは二〇〇四年八月中旬だったと判る。『生まれる前の記憶ガイド』の奥付を見ると、発行日は翌月下旬になっている。

九州シンクロ

十年くらい前になるだろうか、ある短篇小説を書き上げたが、題名がどうも気に入らなかった。だが、いい題名をどうにも思いつけず、やむなくそのままにしていた。かなり月日が経ってから別の題名を思いつき、改題したが、しばらく経つとまた気に入らなくなった。どうにも坐りが良くない題名と感じられて仕方がなかった。これまでに一度もなかったことだった。何とも言いようのない感覚にまとわりつかれている感じがあった。

その作品の導入部には、九州から出てきた青年と旅先の「私」とが車中で隣り合わせる場面があった。何年か前、九州の人吉市から来た青年と名古屋発の列車の中で一緒になった思い出を利用して取り入れた。

あるときふと、「九州からの音信」という題名が浮かんできた。題名としてそれほど満足ではなかったが、決定した感じを持った。九州在住の高尾博士と交流しているいまとなってみれば、題名へのあのこだわりには予感的なものが絡み潜んでいたように思うのだ。

博士との交流はもっぱらメール交信だが、そのきっかけはインターネットで見つけた博士と里中氏との対話記事で、表題にあった「水の三態」という言葉に惹かれた。ＳＬＪ便の前身のＴＡＫＡＯ便は当時ネットで自由に見ることができ、それがまさに「九州からの音信」となった。そのあと当方から博士にハガキを書くと、メール交信へと発展していった。

父が亡くなってからは、老母の要望で月に一度、二泊三日で東京から実家に帰った。冷蔵庫にメンタイコのプラスチックの小桶が常置してあった。父が亡くなって二年数ヵ月後に実家に帰ったが、それに伴ってのようにメンタイコの消費が遅くなっていった。老母は一人暮らしの味気なさから来る食欲不振をメンタイコで補おうとしていたのが、私と暮らすようになってメンタイコが要らなくなったのだろう。私もメンタイコは好きというほどではないので冷蔵庫に置いてあるのを忘れがちになり、賞味期限が切れて何ヵ月経っても残ってムダになるのが続いたので老母と相談し、桶で買うのをやめにした。通販だった。

その少し前から、ある共通点が気にかかっていた。肉食をしないので、東京に居たころ、カレーはルーに肉を使わないインドやネパールのシェフの店へ行くか、野菜カレーのレトルトパックだった。実家に帰ってからはそんな店が町にないのでレトルト野菜カレー一本槍だったが（老母にはときどき肉かハム・ソーセージを付けてやった）、通販でしか入手出来なかった。この通販の注文先は福岡市で、メンタイコの注文先も福岡市なのだった。

それだけではなかった。メンタイコの注文をやめる一、二年前から、老母の腰や膝のためにヒアルロン酸のサプリメントを通販で入手して飲ませるようにしたが、これの注文先も福岡市なのだった。

高尾博士との交流が始まったのは、メンタイコの注文をやめる前後だった。ヒアルロン酸サプリメントとレトルトカレーは博士との交信が始まる前からで、いまも福岡から届いている（肉成分なしの固形カレールーが、数ヵ月前から町のスーパーで買えるようにはなったが）。

博士の実家のある宗像市は福岡市の隣のようなものだ。福岡より能登寄りだ。九州と能登の拙宅の間に情報エネルギーが流通していたのではないだろうか。メンタイコの通販をやめる少し前からヒアルロン酸のサプリメントを注文し始めたのは、情報エネルギーの弱化を防ぐためだったかのようだ。

「九州からの音信」（未発表作品）という題名が浮かんでくるまであの短篇の題名がなかなか気に入らなかったのも、九州からの情報エネルギーを意識下で受け続けていたからではと思うのだ。

犀星とエーテル体女性

金沢出身の三文豪という言い方をされる三人の小説家のうち一番たくさん読んだのは犀星だった。だが犀星作品にも例外があった。『かげろうの日記遺文』。入手しにくかった作品で、図書館で読もうとしたが何度も挫折した。いつも最初の二行を読んだだけで、読む気がたちまち失せた。

田舎に帰る何ヵ月か前、古い日本文学全集（学研）の犀星の巻に『かげろうの日記遺文』が収録されているのを古書店で見つけた。田舎に帰ったら読む気になるときが来るかと思い、買っておいた。田舎に帰ってからも時折思い出して読もうとしたが、そのたびに、判で押したように最初の二行しか読めなかった――「彼女の人眼《ひとめ》を惹いているわけは、見るとすぐにひやりとさせる顔の冷たい美しさであった。」何か作り物めいた感じを受け、作品世界に入り込んでいけなかった。

三月三十一日、朝起きると、十二時を回って日付が変わった時刻に高尾博士からメールが配信されていた。本日でこれまでの活動に区切りをつけ、来月からは別様の配信形態に変えるとの知らせだった。

午後になると、さしあたり読みたい本がなくなった。無聊《ぶりょう》感が兆してきた。何年ぶりのことだろうと思った。二週間ほど前、町外れにある老人ホームに老母が入居した。自由の利く静穏な生活にひたったが、広い家に一人で暮らすようになった影響が無聊感となって出てきたのかと思った。読む本が一時的になくなるのはさほど珍しくなかったが、こんどのはこれまでに覚えのない状態の感覚だった。浮揚感のようなものを微かに伴っていた。

そのうち、頭のなかで内圧がかかるのを感じた。一時《いっとき》ではなかった。長く続いた。不安になってきたので頭に手を当てて気を施してみたが、あまり効果がない感じだった。そのうち、見えない存在が働きかけている現われのように思われてきた。あたたかな感覚が頭のなかで途切れなく持続していた。

数時間も続いたが、夜になるころには収まった。すると本を読む意欲が戻ってきた。書斎の、読んでいない本を置いてある一角へ行った。パノフスキーの『〈象徴形式〉としての遠近法』があったのとは別な一角だった。そこに『かげろうの日記遺文』があった。読む気持になっており、今回は読み切ることが出来るだろうと思った。脳の内圧上昇のおかげであるかのようだった。本を手に取ってみて、あすになったら読もうと思った。けさ見た博士からのメール内容を思い出し、いま自分に起きている転換とシンクロしているように思った。田舎に帰ってきてからちょうど満七年になるところだった。古書店で買ってから七年は経っていた。

朝起きると、内圧上昇の名残がまだうっすら脳内にあった。その後も数時間残り続けたが、不快ではなかった。ときどきそこに意識を向けると、その都度判で押したように、頭のなかが淡い金色に内装されているイメージが浮かんだ。午前中から『かげろうの日記遺文』を読み始めた。

人間の肉体にはエーテル体が重なり合って存在していると神智学や人智学は言う。エーテル体は気の体と言い換えてもいい。バーバラ・ブレナン的に言えば、ヒューマンエネルギーフィールドだ。

ルドルフ・シュタイナーは、男性のエーテル体は女性で、女性のエーテル体は男性だと言った。出口王仁三郎が自身を変性女子と呼んだのも同じ意味合いからではなかったか。ユングが男性にはアニマという女性性が、女性にはアニムスという男性性が棲んでいると言ったのも同じ意味だろう。ユング、王仁三郎、シュタイナーは同時代人だった。

ヘンリー・ジェイムズの小説には、作者のエーテル体としての女性性が色濃く反映している作品が多い。かつて私はそれをエーテル体的異性像と名づけた。ジェイムズもシュタイナーや王仁三郎やユングと同時代人だった。

『かげろうの日記遺文』を読み始めてまもなく、この作品にも作者犀星のエーテル体的異性像（すなわち女性像）が反映しているのではと思った。読み始めるまでその可能性はまったく浮かんでこなかった。私にとって『かげろうの日記遺文』とは、最初の二行で読めなくなってしまう作品以外のものではなかったからだろう。

犀星最晩年のこの作品は十三章から成るが、エーテル体的女性像の現われは早くも「三」章で認められた。三人称で呼ばれていたかげろうの日記の女性作者紫苑の上は、ある一文中、不意に一人称として、「私」として姿を現わす。一度きりの例外かと思いきや、二、三ページあとからは「私」の奔流となり、その独白は二ページほども続く。これは、紫苑の上を通して犀星自身のエーテル体女性が噴出した表現と見ることが出来る。

だが、その表現が本格的になるのはまだ先のことだった。その前に、全体の三分の一くらいまで来たところで、先を読み続ける熱意が褪めてきた。紫苑の上は兼家の第二夫人だが、これに第三夫人の冴野も加わってきて、三重の結婚生活が語られてくるに及んでウンザリしてきたのだ。何年にもわたって『かげろうの日記遺文』の最初の二行で何度も読む気を挫かれたのは、この箇所の存在を予感していたからなのかと思った。それは私が独身で居ることと関係があるだろうが、ヘンリー・ジェイムズの作品に表われたエーテル体的女性像はナマな結婚生活と結びついておらず（ジェイムズが生涯独身だったことはこれと関係があるだろう）、ジェイムズ作品に馴れ親しんでいたからでもあるだろう（犀星はジェイムズほどエーテル体的女性像に意識的でなかったからとも言えるだろう）。

だが、ウンザリ感に陥りがちになる心をこらえて読み進むうち関心が高まってきた。驚きの始めは、犀星はかげろうの日記の女性作者ではなく意外にも第三夫人の冴野に肩入れしていったことだった。

だが、外見的でないほうに意識が注がれていくこのプロセス自体、エーテル体的女性像へのアプローチの比喩におのずとなっている。それとの親和性を示している。作品が深化していくにつれ、冴野の本質が浮き彫りにされていくプロセスは、犀星のエーテル体女性（アニマ）の在りかをおのずと示唆している。そんな運びになるよう、犀星はエーテル体女性に誘引されていったかのようだ。

犀星は「あとがき」でこう表白している。原典の「蜻蛉日記」に、町の小路の女と呼ばれた人物が数十行出てくる。夫と二年間交際したあと行方不明となったこの若い女から犀星は自分と生き別れて生涯会うことのなかった生母の若い時代を思い当て、「書き物をする人間の勇躍と哀れを感じた。」これが犀星のエーテル体女性への導線となったにちがいない。犀星が生涯まみえることのなかった生母。所在も消息も不明であり続けた生母。この生母は、日常意識にとって所在も消息も不明であるエーテル体女性と共鳴し合い、回路が形成されたのだ。

犀星によって冴野という名を与えられた町の小路の女の「六」「七」の章での弁舌はこの作品の白眉だ。そこに表われた深い省察はポール・ヴァレリーの『ユーパリノス』（審美社）を連想させたが、冴野は最初に登場したとき十九歳であり、その後妊娠・出産をなかにはさんで登場期間は二、三年に過ぎない。せいぜい二十代半ばのこの若い女性は、どこからどのようにしてあのように高尚で高貴な弁舌の主となりえたのだろう。

冴野の弁舌を通して犀星のエーテル体女性が弁舌したのだ。エーテル体女性が存在を示すのに最適なのが（と言うか、唯一の方法が）弁舌すなわち口語体という形式だ。結果として表われた存在性は一種の〈光〉となり、読者を圧倒する。その存在性は、一登場人物に過ぎない冴野からはみ出ている。冴野を登場させた作者の意識からそもそもはみ出ている。作者犀星もそれをコントロールしきれないのが、このはみ出しの本質だ。このはみ出しは、冴野の弁舌（犀星による口語体）が表わす〈光〉のような存在性をその高貴さ・高尚さを通して読者に受け入れさせる。それははみ出しではあるが、無法でもアンバランスでもない。はみ出しと見えるのは、こちらの器に収まりきれないからだ。

こんなコメントを読んだことがある。ユングが言うアニマやアニムスは、女性や男性として送った過去世の経験のエッセンスを成していると。そうなのにちがいない。男性は過去世では女性だったことも男性だったこともあるので、男性にはアニマだけでなくアニムスも同居しているとのコメントもあった。肉体男性と直接相関しているのはエーテル女性だが、過去生から蓄積されたエーテル男性もブレンドされているわけだ。アメリカの女流詩人J・ロバーツが異次元存在のセスから霊聴したコメントだ。『かげろうの日記遺文』の冴野には、犀星が過去世で蓄積した経験や智慧が反映しているにちがいない。

異次元存在セスは、アニマやアニムスは、男性性や女性性が過剰になることを防ぐために存在しているという。よく納得出来る言葉だ。その端的な現われが、肉体男性とエーテル体女性の直接的結合であり、肉体女性とエーテル男性の直接的結合だろう（セスはかつて地球人だったので男性のような言動をする。ロバーツは女性だから、ここにも男性性と女性性のバランスが働いていると言えるだろうか）。

冴野がかげろうの日記の作者紫苑の上の前に、死産した子どもを抱えて現われる場面がある。冴野が犀星の生母のシンボルだとしたら、この死児は犀星に似ている。なぜなら、生母に会うことがなかった犀星にとって、また生母にとって、彼は死児のようなものだったろうから。「あとがき」にあった、書き物をする人の哀れがここに表われている。悪文としばしば言われる、細かな首尾にこだわらない犀星の文体から、自身の生い立ちに対する幼年の叫びのようなものが聞こえてくる思いがしたことがあったのも思い出す。

ところで、以上の文章をほぼ書き終えたころ、『かげろうの日記遺文』を収めた本に目をやると、古本特有のホコリっぽさがあったブルーのハードカヴァーのその本にホコリっ気がなくなり、ほのかな光をまとっているように見えた。あれから何日か経ったが、いまもそうだ。そんなふうに見える。読むうちにホコリが自然と払い落とされたということも多少はあっただろう。だがそれだけではなく、表紙のそのほのかな光はオーラのようなのだ。これまでにも古めの本を読んだあと同様な現象を目にしたことがあった。眼光紙背に徹すではないが、『かげろうの日記遺文』を読んだり考えたりするうちにこちらの気が作用して表紙の一部（あるいはホコリそのもの）を原子転換させたからだと思う。表紙を持ち続けて読んだのだから、手から自然と気が伝わったにちがいない。

十年ほど前、拙著『脳・胎児記憶・性』を仕上げつつあったとき、ヘンリー・ジェイムズの短篇「フリッカブリッジ」とその数年後に書かれた大作『黄金の盃』（国書刊行会）との間に照応関係があると気づいた。エーテル体的異性像に関しての照応関係だった．それで、そのテーマで書いた一章を末尾に付け加えた。

ところが校正が終わろうとするときに読んだジェイムズのほかの作品からも同じ要素が色濃く認められた。たとえば、初期の大作『ある婦人の肖像』（岩波書店）。この題名が本質的に意味しているのは、作者ジェイムズにとってのエーテル体女性像ということだ。読むジェイムズ作品、読むジェイムズ作品がエーテル体的女性像の表現になっていた。あれよ、あれよという感じだった。ジェイムズは生涯を通してエーテル体的女性像の作家だった。

ジェイムズの邦訳作品集に入っていない長篇は各社の世界文学全集のジェイムズの巻に収録されているが、どれも三、四十年前の刊行なので絶版だった。図書館に所蔵されていてもたいていはよごれていたので、古書店ならまだしもきれいな本が見つかるかもしれないと探索して読んだ長篇が二作あった。

『ロデリック・ハドソン』が収録された一巻は早稲田で見つけた。日中のことで、すぐ前の歩道を学生たちがしきりに行き交っていた。奥の店番のおばあさんは、通路の端に積み上げられていた古びた箱の本の一冊を引っ張り出して持ってくる私に小さな歓声を上げ、笑顔で迎えた。百五十円とか二百円という値段だったが、新しくて光沢のある小口の紙がひとかたまりにくっついていて、ほぐれるとき微かな音がした。

もう一作の『ボストンの人々』(中央公論社)は板橋で見つけた。こちらも一度も読まれなかったらしく、箱のなかの本体は新しくきれいだった。この二作のおかげで、ジェイムズ作品とエーテル体的異性像に関する私の考えは確信となった。二作とも訳者は谷口睦男だった。四十年以上前に訳してくれていた谷口に対し、感謝の念が湧いた。

それから何ヵ月も経って、『ボストンの人々』を掘り出した古書店の店先が思い浮かんできた。歩いて十五分ほどの裏通りにあった店で、店の奥の『ボストンの人々』があった場所から少し離れた薄暗い通路の端に日本文学全集が数種類積み重ねられていたのが浮かんできた。(あのなかに『かげろうの日記遺文』を収録した一巻があるかもしれない……)

行ってみると、予期した通り、そこにあった。ジェイムズ作品と同じ仲間である犀星の『かげろうの日記遺文』は、『ボストンの人々』と同じ古書店に眠っていた。箱は薄よごれていたが、これも中身はきれいだった。

ジェイムズの命日は二月二十八日で、私の誕生日と同じだ。ジェイムズが死んだ日に私が生まれたわけだから、ジェイムズの仕事を私が受け継いだ象徴のようではないか。

『脳・胎児記憶・性』補遺

「犀星とエーテル体女性」で、『脳・胎児記憶・性』の校正が終わろうとするころにジェイムズ作品について新たな発見があったと述べた。『脳・胎児記憶・性』の出版後、それを補遺としてまとめた。『脳・胎児記憶・性』は、です・ます調で書いたので、それに倣った。以下はその全文。

○

『ある婦人の肖像』を読もうと思ったのは、自作に役立つものが見つかるかもしれないという期待や目論見からではなく、単純にジェイムズ作品をとても好むようになっていたからでした。文庫本で三冊もあるこの長篇を読み始めたのは、この本の再校のゲラ刷りを受け取るわずか二日前のことで、合間に校正作業が入ったこともあって、読み終えたのは三校が終わろうとしていたときでした。最終ページの一ページ前から始まるカッコ内の、『ある婦人の肖像』についての文章は、三校の最後になって加筆したものです。そのあと、訳者の行方昭夫による巻末解説を読んでいたとき、事態が新たになりました。

ジェイムズはこの長篇でイザベルの結婚当初の三、四年間の経過を飛ばしていました。叙述しなかったのです。解説者はこのことに当惑し、欠落に残念を表していました。私もその箇所を読んだとき不自然感と戸惑いを覚え、読むのをしばらく中断したのですが、作品全体を読了したあと同様な疑問を訳者が書いているのに接して疑問が新たにされるや、ジェイムズのこの処方は彼とエーテル体異性像とのつながりを照らし出すものであり、私が提示した考えを補強ないし支持するものだと気がつきました。

けれども出版工程は既に四校に入ろうとしていて、実際に書いてみると三ページくらい超過してしまうと分りました。それほどの加筆を四校でおこなうのは気が引け、非常識でもありましたので、断念しました。三校でもかなり加筆出来たので、よしとすることにしました。

ヒロインのイザベルは作品のほぼ中ほどでオズモンドと婚約します。ですが、続く彼との結婚生活を、ジェイムズは普通の時間の流れのなかで語ることをしません。次の章が始まると、あれから既に三、四年が経過しているというふうに運んでいます。ジェイムズの意識が引きつけられていたのは普通の結婚ではなく、エーテル体的異性との〈結婚〉である以上、前者の生態が無視されがちになるのは自然の成り行きと言えます。ジェイムズはエーテル体的異性像に持続的・現在形的に引き寄せられていたので、結婚初期の蜜月的状態を現在形で語る〈浮気〉からエーテル体的異性像によって隔離されていたとも言えるかもしれません。イザベルの結婚初期の生態の描写を回避したのはたぶん、ジェイムズにとって作品構想上動かし難い、既定条件的なものだったのではと思われます。婚約を語りながらそれに直続した結婚のありさまは語らないというジェイムズのこの処方は、二十数年後、「フリッカブリッジ」のグランジャーがアディーとの婚約を解消するという、より先鋭なかたちを執って再現されたとも言えると思います。

死に近いラルフがイザベルに告げる、彼女を深く愛していたという言葉からは、深切な感動を与えられましたが、ジェイムズはラルフの死のあとは、イザベルのその後の生き様が不確定のままオープン・エンディング的に作品を閉じています。これも、肉体とエーテル体的異性像とのつながりの解消（すなわち死）のあとの生命状態をジェイムズは知ることが出来なかった以上、当然の成り行きと言えます（注―ラルフは外部世界の男性人間であると同時にエーテル体女性にとっての肉体男性の象徴にもなっている）。ジェイムズはラルフを死なせたあとは、全55章のうち最後の1章しか作品を延命出来ませんでした。これも同じ理由からでしょう。

言い換えると、延命したこの最後の章は本質的には、作品としての成仏を求める幽霊的な章になっているとも言えるでしょう。この最後の章の始まりでは、ラルフが死んだしるしとして、イザベルの前に彼の幽霊が現われますが、それはこの章のそういう性格の象徴にもおのずとなっていると思います。（ついでながら、いま私が書いているこの補遺も『脳・胎児記憶・性』にとって幽霊的になったわけです。）

さて、この補遺を付け加えることにしたのは、以上の内容にとどまらず、形式上のメリットもあったからです。1章の冒頭では、拙著『生まれる前の記憶ガイド』に収録した「二十世紀と胎児記憶」の猪瀬直樹が絡んだ内容と、その拙著を送った返礼に猪瀬から送られた『マガジン青春譜』(文藝春秋)の内容がシンクロしたことを述べました。また5章でも、『ベケット伝』(白水社)にまつわる、ジェイムズも絡んだシンクロ現象がありました。さらに、未読だった『ある婦人の肖像』を再校のゲラ刷りが送られてくるまでの間に読み始めると、6章で提示したほかのジェイムズ作品についての私の考えを補強する内容や形式がそこに認められ、執筆内容と読書内容が出版工程中に現在進行形的・極限的にシンクロするに至ったわけでした。

従って、1章・5章・6章とシンクロ現象の流れが認められるわけで、とくに5章のシンクロ現象は6章のそれへ収束する先触れと見ることができ、「モザイック・リレー」という表題(リレーのモザイクという意味)は、最初に私が与えた意味合い以上のものを表出することになったわけでした。

1章のシンクロ現象は、拙著の出版とその内容に絡んだ現象でした。5章のシンクロ現象は、ほかならぬこの拙著の一章中に取り入れられ、6章のあとのこの補遺は四校に入ろうとしていたときに組み立てたものでしたから、これら三つの場合とも拙著の出版や執筆が共通的に絡んでいることになります。5章では、偶然の一致というものには高度に発達した霊的存在が関与しているのではという考えを述べました。そういう関与は、この三つのシンクロ現象にも存在したのではと思われてきます。もしそうなら、この幽霊的な補遺は、ほかの霊的存在とのつながりを示唆することになり、幽霊的ではない確かな生命をそれによって得たことになります。

その後、十ヵ月の間に、ジェイムズの五つの長篇――『ボストンの人々』、『カサマシマ公爵夫人』(集英社)、『ロデリック・ハドソン』(筑摩書房)、『象牙の塔』(図書刊行会)、『厄介な年頃』(あぽろん社)を初読しました。『脳・胎児記憶・性』の最後の数ページに、『象牙の塔』と『ロデリック・ハドソン』と『厄介な年頃』についてコメントしましたが、あれらは、初読したあとで加筆しました。『ボストンの人々』『カサマシマ公爵夫人』『ロデリック・ハドソン』については、エーテル体的異性像との関連で述べることがありますので、それらを読んだ順序を尊重しながら、追記しておこうと思います。三作とも、各社の世界文学全集の一冊でした。

『ボストンの人々』は、自宅から歩いて十五分の板橋の古本屋で見つけました。積み上げた本の底から文字通り掘り出しました。これは『ある婦人の肖像』から四年後の作品ですが、その中核を成していたのは、若い女性オリーヴとランサム青年との、もう一人の若い女性ヴェリーナをはさんでの確執でした。オリーヴは同性愛的傾向を持つと設定されていますが、彼女はランサムと敵対して彼とヴェリーナとの結婚を阻もうとします。彼から結婚を遠ざけようとするこの傾向は、肉体人間を占有しようとするエーテル体異性のシンボルと見ることが出来ます。

それに、『ある婦人の肖像』のラルフとイザベルという、肉体人間とエーテル体的異性像のカップルが近親者同士（いとこ同士）だったように、オリーヴとランサムも、定規で測ったようにいとこ同士と設定されているのです。また、夫と異様に敵対する妻が描かれることでエーテル体的異性像の表出例と見られた短篇「『ベルトラフィオ』の作者」は、オリーヴとランサムの敵対関係の先駆けのように、『ボストンの人々』の前年に書かれています。

『ボストンの人々』を読んだ三ヵ月後、区立図書館の書庫に眠っていた『カサマシマ公爵夫人』を読みました。『ボストンの人々』と並行的に書かれたこの長篇では、肉体人間とエーテル体異性のカップルは青年主人公ハイアシンスと公爵夫人のカップルに表出されています。ハイアシンスはロンドンの下層階級の青年ですが、ある貴族の非嫡の子と設定されていて、貴族という共通性で公爵夫人とつながっており、それは肉体人間とエーテル体異性のつながりとパラレルになっていると見られます。また、ハイアシンスが属する下層階級と公爵夫人が属する上流階級との対比も、肉体人間とエーテル体異性との日常的・心理的隔たりが象徴的に表出されたものと思われます。

ジェイムズが読者に初めて提示する公爵夫人の容姿の懇切な描写の美しさ・匂やかさは、これまで私の読んだ小説中の美人の描写の群を断然抜きますが、それは、ジェイムズが彼自身のエーテル体的異性像と協和・協調してつくりあげたことに負っているのではないでしょうか。この容姿描写は、劇場のボックス席のハイアシンスがすぐ横の公爵夫人を見るかたちでおこなわれていますが、この近接的な位置関係も肉体人間とエーテル体異性の近接関係のおのずから成った比喩であるかのようです。それがもっと直接的に表出される箇所も後出します――「私にできるだけ密着して

いることほどすばらしい冒険はありませんよ」（32章、大津栄一郎訳）

これは公爵夫人のハイアシンスへの言葉ですが、公爵夫人が実際に言った言葉として書かれてはいません。作者ジェイムズが公爵夫人の言葉としてハイアシンスに想像させた言葉です。この一種間接的・屈曲的な形式は、エーテル体異性へのジェイムズの意識の微妙なあり方を反映していると思うのです。言い換えると、公爵夫人がその言葉をハイアシンスに想像上言ったとジェイムズが書くことと、公爵夫人はエーテル体異性の象徴ないし反映であることをジェイムズが無意識的であることは表裏一体だと思うのです。エーテル体異性は本性上発語しないことから言っても。「私にできるだけ密着していることほどすばらしい冒険はありませんよ」とは、もし公爵夫人が実際に言ったとしたならいかにもあけすけです。それを想像上の言葉とジェイムズがしたのは、公爵夫人の品位を考慮した結果かもしれませんが、そうまでしても表出したかったものがあったと言えるわけです。この作中のある人物の次のような公爵夫人についての評言も、ジェイムズにとってのエーテル体的異性像の強力さを反映しているでしょう――「人の評判を気にしない独立性やだれの影響も受けつけない独自性」（26章）

『ボストンの人々』の訳者谷口陸男の年譜によれば、『ボストンの人々』の雑誌連載が始まって半年ほど後に『カサマシマ公爵夫人』の雑誌連載が始まりました。どちらも完成までに一年ほどしか費やしませんでした。両作は半年ほど並行して書かれたことになります。どちらも日本語にして四百字詰めで千五百枚ほどの大長篇です。驚異的な能力です。ジェイムズのこうした専心は、彼とエーテル体的異性像の強く深い結びつきを示唆する、いま一つの現われではないでしょうか。

さて『ロデリック・ハドソン』は、右のパラグラフを書く数ヵ月前、早稲田の古本屋街を探し回って、ある店先の安売り本のなかに見つけていたのですが、初読したのはずっとあとで、右のパラグラフを書いた二ヵ月後でした。

この長篇には、結婚前のカサマシマ公爵夫人がクリスティナと呼ばれる副主人公として登場しています。

『ロデリック・ハドソン』から『カサマシマ公爵夫人』までには十数年もの歳月が横たわっています。この歳月の長さは、ジェイムズとエーテル体的異性像との伏在的・恒常的結びつきを想像させますし、エーテル体異性から見れば、その自己同一性の持続度の強さを示すものでしょう。クリスティナは『ロデリック・ハドソン』の終わり近くでカサマシマ公爵と結婚しますが、『カサマシマ公爵夫人』で再登場したときには結婚後数年経っていると設定されており、その結婚は破綻しています。

さて『ある婦人の肖像』は『ロデリック・ハドソン』と『カサマシマ公爵夫人』の中間期に書かれていますが、既述のようにヒロインのイザベルの新婚生活は語られることなく飛び越えられ、早々に破綻してしまったあとの結婚生活へ移行していました。カサマシマ公爵夫人の結婚破綻も明らかにこれと同じ形式を呈しています。彼女の結婚破綻もまた、『ロデリック・ハドソン』のあと、『カサマシマ公爵夫人』が始まる前の、作者ジェイムズが語らなかった期間中で生じたことになっているのです。そうして『ロデリック・ハドソン』と『カサマシマ公爵夫人』との中間期に『ある婦人の肖像』が書かれ、イザベルの結婚破綻が、直接的には語られることなく提出されていることになります。このイザベルの結婚破綻はカサマシマ公爵夫人の結婚破綻とちょうど重なり合っているわけです。ジェイムズは故意にそうしたのでしょうか。私はそうなるよう自然と導かれたのだと思います。エーテル体異性の働きかけはそれほどに強力だったということでしょう。導かれたあとはそのことをおそらく意識したでしょうが。

『ロデリック・ハドソン』のクリスティナは、主人公ハドソンの求愛を退けてこう言います——「あたしはミスタ・ハドソンを別の存在として好きになりたいのです。世間でよく思いつきそうな関係は、男性にとっても女性にとってもたいへん平凡でつまらないものです。……（中略）……あたしは彼があたしの兄弟だったらとさえ思います。そうすれば彼はあたしに結婚のことを言い出すこともできないでしょう。」（谷口陸男訳）この「兄弟だったら」は、『ある婦人の肖像』のイザベルとラルフが近親者同士と設定されていたのと軌を一にする言明であり、エーテル体異性の自己主張と言うべきものです。この自己主張は『ロデリック・ハドソン』の数年後の『ある婦人の肖像』で、イザベルとラルフの近親者同士という設定によって実現されたという言い方も可能でしょう。

二十一歳のクリスティナは作者ジェイムズ本人がそうであるような高度な知性の持主ですが（注——『かげろうの日記遺文』での冴野の高度な弁舌と相通ずる）、その彼女に関してジェイムズがほかの二人の作中人物にさせている次のような会話はさながら、エーテル体異性という腹話術師の声のようです――「あのかたは非常に聡明でもいらっしゃる」「ええ、そう――男どもが考えるようにしゃべります！」

ハドソンは、気に染まない法律の勉強から転じて彫刻家の道を選んだと設定されています。これは、大学の法学部に入って一年で文学の道に転じたジェイムズ自身の履歴と近似しており、ジェイムズはこの設定に文学へのみずからの決意を投入したのにちがいありません。しかしハドソンとジェイムズは、クリスティナへの態度によって運命を分たれます。ハドソンがクリスティナと結ばれようとして芸術家として破滅したのに対して、ジェイムズはクリスティナが象徴するエーテル体的異性像と「兄弟」のように緊密に共生し続けることによって芸術家としての生命を全うしたわけでした。

ジェイムズが『ロデリック・ハドソン』を四半世紀以上後に振り返って書いた自序の結び近くでクリスティナについて書いていることは、これまで述べたことと共鳴します――「作者自身が思いをつのらせ、主題が必要とする以上の生命力を彼女に作りあげていたのだ。そしてこの生命力は、まだまだこれからも、ほかの状態のなかで、ほかの重要な関係のなかで、何らかのかたちで使われねばならぬ力だったろう。」（谷口陸男訳）

では、エーテル体的異性像をジェイムズが追求した意味は何だったのでしょうか。おそらく、外部世界での異性とのつながりが調和・安定する条件は、内部世界の異性とのつながりの調和・安定性です。より本質的なのは内的異性とのつながりではないでしょうか。それは自己認識への試みであり、人間の進化の道理であるように思われます。それぞれの内的異性とのつながりを適切に保ちながら外部世界の異性との関係を維持出来ているカップル——理想的な四角関係を保っている人々も確かに居ることでしょう。しかしその理想的な関係性の基盤になっているのは、各自の内的異性との緊密なつながりと思われます。

三　文豪と咳

犀星の『かげろうの日記遺文』の最初の章に、蜻蛉日記の作者が物を書き始めたころの心境が述べられている。「書かれたことに対《むか》うことの親しさは、自分という者のありかを確《しっか》りと掴まえられる気になることであった。」また、「書くということの嬉しさ」を感じたと書いている。最晩年にあった犀星は、物を書き始めたころの自分をこのとき回想していたにちがいない。その「嬉しさ」がこちらにも伝わってくるかのようだった。その「嬉しさ」には、エーテル体女性が一緒に嬉しがる声も混じっていたように思える。そんな女声が聞こえていたようなのだ。

それは犀星のエーテル体女性だったろうか。犀星はこの世の人ではないから、私のエーテル体女性ではなかったろうか。かつて（三十歳くらいだったろう）私は犀星初期の「抒情小曲集」を愛唱した。比類なく愛唱した。その思い出が、物を書き始めたころの犀星の「嬉しさ」と共鳴し、私のエーテル体女性を嬉しがらせたのではないだろうか。エーテル体女性は『かげろうの日記遺文』では口語体を通して現われたように（「犀星とエーテル体女性」）、「抒情小曲集」という一種の音曲を通してそのこだまを伝えたのではないだろうか。

『かげろうの日記遺文』の犀星は、蜻蛉日記の作者が物を書き始めたころ与えられた「異感の動き」に言及し、「草木もいままでより媚びた明色に映り」と書いている。これと照応するような詩句が「抒情小曲集」にある。「小景異情」中の、

わが霊のなかより
緑もえいで

や、「遠くよりのぶるもの」中の、

きけわがこころの遠きかたより
青き梢はやはらかく伸びもゆき

これらの詩句は、若いときの犀星が、「わが霊のなか」や「わがこころの遠きかた」にあるエーテル体（＝気）を通して植物のエーテル体（＝気）と交感していた証跡ではないだろうか。犀星は

この世の人ではないが、「抒情小曲集」は生きており、人間と植物との交感を伝えているのではないか。それだから私のエーテル体女性は、植物のエーテル体と独特なかたちで交感することになり、嬉しがる声を発したということだったのではないか。

もっとも、私のエーテル体女性が交感した植物のエーテル体は「抒情小曲集」中の印刷された文字や観念のそれだったはずはない。『かげろうの日記遺文』のあの箇所を書斎で読んでいたとき窓の外にあった、しぼみ始めた白梅や、蕾をつけ始めた桜やヤツデや黒竹や芽がふくらみ始めた柿の木などのエーテル体＝気だっただろう。

犀星が稲垣足穂に言った次の言葉も、植物（の気）に対する若い時代の犀星の通り一遍でない感覚を伝えている――「あの頃は散歩していても、あちらこちらに盛り上がっている若葉がワーッと云って攻めて来たものだよ。ワーッと追っかけてくるようであった。走って帰って机に向かうと、いくらでも書けたね」（稲垣足穂「夢がしゃがんでいる」）

これは、エーテル体女性と犀星との親和性も傍証するだろう。

「犀星とエーテル体女性」で述べたように、『かげろうの日記遺文』は、超自然性を含有していることで忘れ難い作品になった。それとは別に、ずっと以前のことだが、超自然性によって深い感銘を受けた作家の作品があった。金沢の三文豪の一人、徳田秋声の『縮図』（筑摩書房）だ。自然主義の作家と言われる秋声から超自然性を感受したのだ。

『縮図』の最大の美質は、独特のリズムで心地よく運ばれる文章だが、読む間、耳元あたりで薄黄色い微光が灯り続けていた。極楽境のように。微光は側頭部にひろがって滞留していたが、私はそれをはっきりとではなく半意識的に知覚していた。それをはっきり意識させてくれたのが広津和郎の「徳田秋声論」だった。

そこにこんな評言があった――「そのほのぼのと微光につつまれたような作の美しさ」。また、「この人生の『縮図』の上に瀰漫《びまん》している慈悲心の微光が、この作物をほのぼのとした美しさに包んでいるのである。」(同じだ!!)と思った。

広津は微光という言葉を比喩として使っている。しかしその基底には、私が『縮図』を読みながら感受していたあの微光の実際的知覚が何ほどかあったにちがいないと思う。だからこそ広津のあの評言に私はあれほど感動したのだと思う。

読者のなかにも『縮図』を読んで微光を感受する人たちは居ると思う。一体どれくらいの人たちがあの微光を感受するのか、既にしているのか知りたいとも思う。

金沢三文豪の残る一人、泉鏡花の作品にも秋声や犀星に近似した要素がある。幻想小説家としてよく知られている。それに間違いはないけれど、『縮図』や『かげろうの日記遺文』のような超自然性を備えていないように思う。鏡花はあまり好きでなく、それほど読んでいないのでご大層なことは言えないが、鏡花の幻想性は想像力によるもので、『縮図』や『かげろうの日記遺文』と性質を異にしていると思う。逆に、『縮図』や『かげろうの日記遺文』を幻想的と形容すべきでないとも思う。それなら、こうした区別は何に根ざしているのかといえば、高尾説で説明出来そうだ。

高尾説によれば、エネルギーには二種類の方向性がある。あの世次元からこの世へ来るエネルギーと、この世次元からあの世へ向かうエネルギー。前者は発熱的・誕生的で温度上昇をもたらし、後者は吸熱的・死滅的で温度低下をもたらす。『かげろうの日記遺文』や『縮図』は発熱的（広津の評言「ほのぼのとした」）で、エネルギーはあの世的次元のほうからこの世次元へもたらされた結果の産物と言え、鏡花作品は想像力を通してエネルギーはあの世次元へ吸熱的に指向すると言えるのではないか。『かげろうの日記遺文』でのエーテル体女性の口語体＝弁舌も発熱的と言える。鏡花を読むとき、波長の合わなさをよく感じ、それが時として苦痛なほどであるのは、私が発熱型であるためだと思う。

さて、秋声は加賀藩士の子であり、犀星も鏡花も加賀藩と同様なつながりがある。この「隠れた編集者」の始めのほうで述べた加賀藩つながりに、三人も列することになる。

『かげろうの日記遺文』を収めた一巻中の小松伸六の解説で犀星の「餓人伝」という短篇小説が挙げられていた。興味を引かれたので、それを収めた室生犀星全集第九巻（新潮社）を県立図書館から借り出した。それを読んだ二、三日後、別の収録短篇を読んでいると、コホン、コホンと咳が出た。一、二ヵ月前にもそんな咳が出た。病的でない感じだったので放っておくうちに出なくなったが、それがまた出始めた。軽い咳で、二、三度しか続かない。しばらく途絶え、少し経つとまた二、三度出た。これも一、二ヵ月前と同じだった。

思い当たることがあった。一、二ヵ月前に何を読んでいたか、ノートを調べてみると、案の定、中村彝の『芸術の無限感』を読んでいた。昭和二十七年刊の本だったから六十五年も前に出た本だ。犀星全集第九巻も昭和五十一年発行と古かった。四十年前だ。紙に付着した古いホコリがページを繰るにつれ宙を漂い、それを吸引したのどが異物を排除しようとしたせいと判った。

県立図書館の蔵書は何十万冊だそうだから虫干しなどしないのだろう。新県立図書館が二、三年後に建設されるが、新しい建設地に輸送する前には虫干しをするのかもしれない。私は東京を去るにあたって、蔵書は小分けにしてベランダで日光浴させてから田舎に持ってきた。

咳の正体が判ってみると、先月高尾博士へのメールで予想めいたことを書いたのは外れたと思った。というのは、博士は以前、霊のアプローチがあるとクシャミや咳が出たりするとお書きだった。同じことは夫人についてもあてはまるという。私はよくクシャミをする性質だったが、二、三年それが途絶えていたと、この間からまたクシャミがよく出るようになって気がついた。途絶え始めたのは、偶然の一致か、博士との交流がメールを通して始まって以降だった。それで、何か関係があるのかと思い、先月、博士にそのことをメールでお伝えした。あの咳も何か霊的な意味があるのかと思い、そう付け加えもした。

だが、少なくとも咳については霊的な事柄ではないと判明した。博士の返信は、霊たちがアクセスしてくる身体部位は霊の格によって異なっており、それに応じてクシャミや咳などが起こるようだというものだった。これらの識別は夫人がおこなっているが、神霊でも高位のそれは頭頂部から側頭部にアクセスし、高位でない神霊は上腕部から腰部にアクセスするとのことだった。なるほどと思った。動物霊の場合は腰や大腿部や膝に鈍痛を覚えるとも。

人間は大宇宙に対して小宇宙と呼ばれる。以上のような、霊たちのアクセスの仕方も小宇宙的な分布のように思われると博士にメールした。

その際、私が漠然とイメージしていたのは黄道十二宮だった。黄道十二宮では各宮にサソリやヤギや魚やカニや牡牛などの動物が位置しており、獣帯とも呼ばれる。それで以前から私は、グノーシス派の影響だったかもしれないが、人間がその獣的資性のために可視宇宙内で閉じ込められているシンボルのように獣帯を見ていた。これと、霊たちの身体部位へのアクセスとが結びつき、何となく小宇宙としての人間の状況が現われているように思ったのだ。

だが、博士にメールしたあと、あまり深く考えずに書いたことが案外深い整合性を持っていたと気がついた。人間が小宇宙であるとは、大宇宙の縮図という意味だ。大宇宙は可視宇宙のみならず不可視宇宙を含んでいる。小宇宙も不可視宇宙の縮図となる。霊たちが人間にアクセスする身体部位は、霊たちの不可視宇宙での分布のありさまの似姿になっていると見られる。

ここまで書いて気がついた――秋声の『縮図』を読んでいた間、微光が薄黄色く輝き続けていたのは側頭部だったことに。あれはひょっとして、『縮図』の調べを賛嘆とともに聴聞しにきていた霊たちから発したものだったのだろうか。それとも、『縮図』が持つ霊的性質が私のオーラ(ヒューマンエネルギーフィールド)と融合して発生したものだったのだろうか。

その後、四月十七日にSLJ便が配信された。ドランヴァロ・メルキデゼクのことが載っていた。この人のことはほとんど知らない。博士夫妻と私とは宇宙船に同乗したことがあると博士夫人に教えられたことがあるが(『凝集するシンクロニシティ〜神奇集3』所収「高尾博士とのメール交信から」)、その際同乗していた何人もの人たちのなかにこの人も居たとのことで名前を知っているに過ぎない(ちなみに、宇宙船に乗った記憶は私には全然残っていない)。

ドランヴァロがYou Tubeにアップしているとあったのでアクセスし、動画が幾つもアップされているなかの任意の一つを選んで観始めると、咳が二、三度出た。この咳は見えない存在がアクセスしているしるしのように思われた。肺からではなく、のどから出ていた。いまこれを書いている最中にも二度出た。のどのチャクラと関係しているのかもしれない――そう続けて書くと、また出た。その通りと知らせるかのように。その通りと知らせるかのようにと書いた直後、また三度ほど出た。

月の輪くん

金沢に住む甥の長男が三歳くらいのころ、月の輪くんという仇名をつけた。頚の真ん中あたりの皮膚の脂肪が少し余り、三角な帯状に下へ折りたたまれていた。頚が上向きになるとそこが開き、ツキノワグマの月の輪にそっくりな白い形になっていた。

井伏鱒二の「私の動物誌」を読んでいると、ツキノワグマの月の輪は何のためにあるのか、識者に訊いてみたが、はっきりした答えは得られなかったとあった。高い所に巣のあるクマの月の輪ははっきりしているが、山麓に巣のあるクマの月の輪はぼやけているそうだ。井伏は、高い所に居るクマは体力が旺盛なはずだから、月の輪は人間の血色に該当するのではと推測していた。

キーワードは保温ではないか。月の輪くんの月の輪は、保温のための脂肪が余った結果出来たのだろう。クマも基本的にそれと同じだろう。クマの体毛が黒いのも保温のためで、保温の必要がない部分は自然と白抜きになるのではないか。高い所は気温も低い。高い所のクマは体毛を黒くしなければならない半面、対照的に月の輪は山麓のクマよりはっきりしてくるのではないか。

年に二、三度、月の輪くんに会うことがあり、そのたびに「月の輪を見せてくれ」とリクエストした。彼はすぐに、両足を開いて踏ん張るようにしながら顎を大きく上向かせ、毎回見せてくれた。

去年の旧盆に墓参りに来たとき、月の輪くんの母親は私が彼にリクエストしないうちに「月の輪、見えなくなった……」と、つぶやくように言った。次の四月から小学校だそうだから、成長するにつれ頚の皮膚が伸びて脂肪が均《なら》され、隠れていた月の輪が日に晒されていったのだろう。

墓参りのあと茶の間に皆が集まっていたとき、私は肘枕をして横になっていた。そのうち月の輪くんが近寄ってきて腰骨の上にちょこんと坐った。ずっとそうしていた。私は普通の大人がしないような遊び方で彼と付き合ったことがあった。

この子については面白いシンクロがあった。言霊シンクロだ。「整形外科」という短篇小説を書いていたとき、物語上重要な役割をする出版社の名前を考える必要が出てきた。それらしいものにしなければと考えたすえ、大峰社というのにした。何年か後にこの子が生まれ、大峰と名づけられた。「ひろね」と読むが。この子の両親が「整形外科」を読んでいなかったのは言うまでもない。

大峰社という名前を考えたとき、甥はまだ結婚していなかった。だが、配偶者とは中学時代から同級生だったらしい。

甥が新居を建てたのは平成二六年六月で、新居の地番は二―六―六だった。時と場所の数字の並びがピッタリ同じだ。さらに六月二日は甥の母親の誕生日というふうに、六と二のパレードにもなっている。まだある。甥の家の電話番号の下四桁は二六六六で、彼の伯父の家の電話番号の下四桁も二六六六なのだ。

以上を書いた二週間後、下四桁の電話番号のシンクロに新たに気づかされた。

かつて立花隆の『武満徹・音楽創造への旅』（文藝春秋）の代金をコンビニに払った時刻が3．

11の14：46とピッタリ一致したことがあった。このシンクロのことを、『隠れた編集者』の最後の数ページで触れる流れになった。

シンクロがあったのは一年前の同じ季節だったと憶えていたが、何日だったか調べようと、パソコンに保存したコンビニのレシートの写真を見てみた。四月二十九日だった。コンビニの電話番号の下四桁は、甥や彼の伯父の電話番号の下四桁と同じ二六六六だった。14：46の数霊シンクロには二六六六の数霊シンクロが付随していたのだ。

甥と彼の伯父の電話番号のシンクロのことを書いてから二週間後、そして『隠れた編集者』の最後の数ページを書いていたときにこのシンクロに逢着《ほうちゃく》したわけだった。一年前の四月二十九日に3．11の14：46に関するシンクロが起きたと知ったとき、電話番号のシンクロも同時に起きていたわけだ。このシンクロを知ったのは、書くという私の行為を通してだったから、これにも〈隠れた編集者〉が関与していたのかと思う。

輻輳《ふくそう》するシンクロ

四月十二日、ＳＬＪ便が配信された。そのお礼のメールで高尾博士にこうお知らせした。前回の私からのメールの送信時刻は21：56で、またも56シンクロになっていたと。それを送信してしばらく経ってから、２１：５６ではなくて８：５６だったと気がついた。５６シンクロにちがいはないので、次回お知らせすることにした。

翌日新たなＳＬＪ便が配信され、私の送信メールが取り上げられていたが、８：５６に訂正されていた。その８の字から、訂正する博士の手つきのようなものをぼんやりと感じた。８の字が微動し、そよいでいるように見えた。私はＳＬＪ便のお礼メールと一緒にこの訂正のお礼を博士に書いた。すると博士は意外にも、訂正したのはご自分ではないと返信されてきた。高次元世界の存在によって訂正されたと。そして、私と博士との間にこれまで同様な事例が起きたと付け加えておられた。私にも覚えがあった。

だから、博士からそう知らされると、抵抗なく受け入れられた。８の字を見たとき、訂正する手つきのようなものを感じたのを思い出し、あれは博士ではなく高次元存在に由来する現象だったのだと思った。この思いは、あのとき８の字がそよぐように微動して見えたのと調和しているようだった。

この新たな５６シンクロは、別のシンクロとも絡まり合っていた。その一週間ほど前に重要な発見をした犀星の『かげろうの日記遺文』が収録されていたのは、日本文学全集の第一四巻だった。表紙の１４という印字が目に入ってきたとき、何かあると感じた。数日後の四月十日に配信されたＳＬＪ便で、博士は太宰府天満宮で引き当てたおみくじが第１４番だったと述べていた。また博士夫人の誕生日も１４日だとも。三島由紀夫の誕生日も１４日だった。それだけにとどまらず、「易とビートたけし」の追記で触れた三島由紀夫やＵＦＯやＯさんのチャネリング体験ともこれらのシンクロはつながってくる。高次元的なつながり具合ではないだろうか。

それだけではない。犀星の第１４巻、おみくじの第１４番、博士夫人の誕生日と三島の誕生日が１４日で、１４が４つになる。１４×４＝５６なのだ。

絡まりはまだ続いた。四月十三日の午前中、能登空港から東京へ一泊の予定で行くことになっていた。六年ぶりの東京だった。その日の朝八時半ころ、受信メールをチェックすると、一時間半前にＳＬＪ便が配信され、菅田正昭さんからの情報が載っていた。鶴見駅近くの鶴見神社境内には三島由紀夫を祀った清明神社があるという。帰りの便で羽田を発つ前に寄ろうと思った。三、四〇分後に家を出る予定だったが、ネットで鶴見駅から羽田までの乗り継ぎを調べておく時間はあった。その日四月十三日はベケットの誕生日でもあった。

前日に「三文豪と咳」を書き終えていた。清明神社へは十四日の午前中に行った（またも１４シンクロか）。鶴見神社の社殿の横手に幾つも並んだ小さな鳥居のなかの一つに清明宮と書いてあった。奈良の大神神社の境内で見たことがあったのと同じ三島由紀夫の書体で清明と彫った、小さな石柱がそばにあった。参ってその場を離れたとき、頭のなかに硬質な黄金色の光がチラと面状に（偏光状にと言うべきか）射したように感じた。三島の誕生日は一月十四日で、その日も十四日だった。

東京から戻って三日後の十七日、「三文豪と咳」の末尾に十行あまり、咳に関して加筆した。翌日の十八日、「三文豪と咳」で犀星の植物との交感について書いた箇所が浮かんできて、そんな交感のようなものが自分と植物との間にも生じていたことが意識されてきた。

何日ほど前だったか、窓を見ると、花を咲かせた白梅が一枝だけ、窓から一メートルほどのところまで、こちらへ突き出されたフェンシングの剣のように伸びてきていた。ほかの梅の枝はほかの樹木の蔭になっていて、一枝の白梅だけが書斎のいつもの坐り位置に向いて伸びてきていた。花が咲く前はこの一枝を意識しなかった。去年も同じ位置に枝はあったのかもしれないが、その位置に咲いたことはこれまでなかったから、最初にその枝に付いた花々が目に入ってきたとき、私に見せようと伸びてきてくれたように感じた。

このことが意識に上ってくると、SLJ便に載っていたOさんの文章が思い出されてきた。Oさんはこう書いていた――チャネリングによって得た情報によると、松竹梅は遠い宇宙の惑星とリンクしている植物で、何百万年かそれ以上も前にまずエネルギー体として地球に到来した。植物体となってからは、故郷のクジラ座やクジラ座近くの惑星に情報を発信している。松は地球の愛の振動を、竹は地球の環境情報を、梅は地球の精神的波動を。

松竹梅の風習はこうした知識を持っていた日本人から発したのではとOさんは書いており、同感を誘った。書斎の自分のほうに一枝を伸ばしてきた梅も、そのような梅の特性と通い合うように思えてきた。かぐや姫が竹から生まれたというのも、そういう縁故から来ているのではないか。かぐや姫のモデルとなった人物が帰ったのは月ではなかったかもしれない。

Oさんのその文章を読んだのはいつだったかノートを調べてみると、「三文豪と咳」を書き始める数日前だった。

松竹梅のうちの松についてはこんな経験があった。三十年ほど前フランスに行ったときだった。ブーローニュの森を歩いていると、急に目薬でも差したように視野が鮮明になったと思ったら、周囲に松の高木が立っている真下を通っていた。松の木からは特別なエネルギーが出ているので病後の静養などにいいと神智学の本で読んだことがあったのをそのとき思い出した。

そういえば、書斎の外の林には松竹梅が揃っている。梅が数本のほか黒竹が群生しているし、川岸には、死去する二、三年前に父が植えた松が二本、高木に生長している。松は中庭にもある。

ブーローニュの森の松の下で体験したことについては、博士へのメールで書いていたが、それに関するOさんのコメントがSLJ便に載っていたのを思い出し、再読しようと「高尾博士とのメール交信」のワード・ファイルを開いた。少しずつ過去のメールを辿っていくと、博士からのメール中に、拙著『凝集するシンクロニシティ～神奇集3』を買い取って友人知人に配布して下さったとの文言が飛び込んできた。

買い取って下さった冊数は十四だった。夫人の誕生日の十四日を意識され、お二人のお気持を反映させせようとされたのかもしれない。拙著の刊行は昨年九月だったから、買い取って下さったのも昨年中だっただろう。この冊数十四は、四月十日に判明した四重の十四シンクロの先鞭となったかのようだった。

十四冊買い取って下さったとのメールが当方に送信されたのは三月十六日だった。その日は亡祖母の命日だった。

まだ夫人とも博士とも交流のなかったころ、ネットで夫人の《7龍神図》を見た。名刺くらいに小さな画像だった。そのとき奇妙不可思議なものが絵から観えた。そのままずっと忘れていたが、メールを通して博士との交流が始まるうち、夫人は若冲などの画家の絵を観ると多面体が観えると博士がお書きだったのを思い出すとともに、あのとき《7龍神図》から観えたものはそれと通じ合うことに気がついた。『凝集するシンクロニシティ〜神奇集3』では、この件についても書いていた（「高尾博士とのメール交信から」）。そのページで、あの奇妙不可思議なものが観えたのは、見せてくれた存在があったからだろうと書いた。その存在は、夫人が買い上げて下さった拙著の冊数十四とリンクするあの十四シンクロと関係しているということかもしれない。

（翌年、この本の二校を版元に返送した数時間後だった。二週間前から読み進めていたブラヴァツキーの大著『シークレット・ドクトリン』の「人類発生論」にこうあった――人類の始祖であり、現在も高次元世界で存在し続けていると言われるマヌは、十四人居ると。十四シンクロとシンクロした。）

四月二十日、目が覚めて時計を見ると五時十五分だった。そのまま数分、床に居ると、ＳＬＪ便のＯさんの文章にあった言葉が浮かんできた。我々は地球の人たちと肉体的な外形はかなりちがっているが、そのうちそれも受け入れられるときが来るというような意味の言葉だった。その言葉と、数年前に経験したことが結びついた。

私の右の側頭部すれすれに、球状に感じられる柔らかで温かいものが滞留したことがあった。私の頭と同じくらいの大きさだった。私への親愛感を放射しており、意識をそこへ向けたとたん、喜びで弾んで頬擦りするような動き方をした。小動物めいた動きだった。半日くらい、側頭部にそうして滞留していた。

この経験＝記憶については『神奇集』の「関英男からマゴッチへ」で詳述したが、あれはやはり地球外生命体に属するものだったろう。あれと、Oさんの文章にあった、地球の人たちと我々との外形のちがい云々の言葉とが結びついてきた。

そうすると、あの球状の生命体はOさんの文章中にあった我々云々の言葉の主と同一である可能性が出てくる。Oさんがあの文章で言及していたのはクジラ座やその近くの惑星人だった。この惑星人は、数年前私の側頭部すれすれに半日くらい滞留したあの生命体と同類と考えたくなる。同類でなくても親類くらいかも、と。

Oさんの文章にもう一度当たってみることにした。SLJ便に二回に分けて掲載されていたが、何と、読んだつもりの言葉はどちらの回にも見当たらなかった。その言葉を読んだのはOさんの文章の末尾であるのは確かだと思っていたが、なかった。

記憶をよくよく吟味してみると、私は我々云々の言葉を文章として読んではいなかった。Oさんの文章の末尾部分を読んでいたときにその言葉が聞こえたのだ。ただ、音声として聞こえたというのはあまり適当でない感じがする。観念として、あるいは概念として聞こえたと言ったほうがいいかもしれない。

ということは、チャネリングが無意識のうちに私に起こっていたということだろうか。Oさんのように意識的にではなく……。

そういえば、SLJ便に、三月二十日から四月二十日まで云々ということを博士がお書きだったのを思い出した。その記憶が確かなら、きょうはその最後の日四月二十日だった。何か次元上昇と関係のある期間と憶えていた。過去のSLJ便を調べてみると、四月一日の便に、博士夫人が空海の霊から「三月二十日から四月二十日までのひと月でDNAの再生復活がある」との伝言を受けたとあった。再生は犀星と音的にシンクロしている。犀星の『かげろうの日記遺文』は四月一日から二日にかけて読んでいた。

空海といえば、去年家のなかで響いた大きな音のことが思い出される。茶の間に入ろうとしたとき、背後の台所兼食堂でカーンとコーンの中間のような大きな金属的な音がした。ワーンという残響も長かった。詳細は省くが、音を出したのは空海と推測された（『ハムレットと熊本地震』所収「不可思議な音」）。

DNAは二重螺旋構造だが、SLJ便に載った別の霊言に三重、五重の螺旋構造があるとされていたのを思い出した。再生復活とは三重、五重構造への再生復活ということらしい。かつてDNAは三重、五重だったことがあったことになるだろう。三重、五重は高次の世界のありようを反映する構造ということでもあるのだろう。

三月二十日から四月二十日の間に、脳の内圧が高くなったことがあった。数時間続いた。ちょっと不安になったが、あたたかな感覚が途切れなかったので神霊が関与しているのではと思った。DNAの再生復活と関連していたのだろうか。調べてみると三月三十一日のことで、その翌日、メールで博士にお知らせしていた。

そういえば先月あたりから買い物から歩いて戻るとき目に入ってくる自宅周辺の見慣れた風景が、前と比べてちがった風合いに見えたことがたびたびあった。これも関係していたのだろうか。

「接着的シンクロ」では、太陽の光が地球に届くまで八分かかると書いた。書いたのは三月二十一日だった。三月二十日から四月二十日の間に入っている。翌日の三月二十二日、博士から十八日にいただいたメールを読んでいると、博士がそのメールの二十分前にFさんから受信したメールが付いていた。そのメールの内容は、一四日(またも14シンクロ)に流れたニュースが載っているURLが示してあるだけだった。URLを開いてみると、パラレルワールドは八分ちがいの世界だと述べられていた。パラレルワールドは可視太陽を超えた次元にあるという論理になる。

いまこれを書いていて、シンクロがもう一つ起きていると気づいた。この「輻輳するシンクロ」

の冒頭でこう書いた――博士に送信したメールの時刻が21：56だったと誤って博士にメール送信したが、そのメールがSLJ便に載ったときには8：56と訂正されていた、と。この8と、八分の八がシンクロしている。

博士によれば、8と訂正したのは博士ではなく高次元存在だった。その存在はたぶん、太陽光が地球へ届くまで八分かかると私が書くことや、Fさんがパラレルワールドに関するURLを博士に送信し、それを私が読むことを予見していたのではないか。

8：56と訂正されていた博士のメール中のその8がそよぐように微動して見えたのはシグナルだったかのようだ。

シンクロはもう一つ起きていた。太陽の光が届くまでの八分とパラレルワールドの八分のシンクロが起きた件のことは「輻輳するシンクロ」を書く途中で浮かんできた。それを「輻輳するシンクロ」の最後に配置すればダメ押し的な効果が出るように思えた。実際にこうして最後に来て書き始めたときちょうど、8：56の8とのシンクロに気づいたから、この気づき自体がシンクロ的だった。

8：56の件は「輻輳するシンクロ」の冒頭にあり、最後へ来て再び8：56のことが言及されたわけだから、まさに首尾が合っている。首尾を合わせたのは私ではない。

以上を書き終えたのは四月二十二日だった。その翌日の早朝、二、三日前にアップした「接着的シンクロ」を読み返していると、もう一つシンクロが起きていたと気づいた。「接着的シンクロ」のモチーフとなり核となった最初の段落を書き終えたのは、「接着的シンクロ」中で述べたように三月二十日だった。「接着的シンクロ」をアップしたのは四月二十日だった。博士夫人が空海の霊から伝言されたという、ＤＮＡが再生復活する期間は三月二十日から四月二十日までだった。

音のシンクロ

Ｙｏｕ Ｔｕｂｅでモーツァルトのピアノ協奏曲Ｋ５０３をミケランジェリのピアノで聴いた。終楽章が始まって一分ちょっとの箇所に魅された。曲全体から言うと、２５分０４秒から１０秒までの六秒間。前からこの箇所は好きで、ブレンデルの演奏を好んだが、それよりずっといい。ほかのピアニストの同じようなテンポで弾いた演奏をＹｏｕ Ｔｕｂｅで二、三聴いたが、音色がちがう。六秒間、聴覚が甘露を味わう。聴覚が心地よく温浴するような感じでもある。この箇所だけがいいというわけではないが、響きが特別美しく聞こえる。ミケランジェリの指から鍵盤に入った気と私の気がことさらに共鳴するのだろう。

指揮はペーター・マーク。二、三十代のころマークの「フィンガルの洞窟」序曲の演奏の清新さに惹かれたのを思い出す。K503では、第二楽章の慰安的な開始部でのフルートの歌わせ方もかつてとても気に入っていた。

以上は「輻輳するシンクロ」を書き始める前の日に書いた。四月二十日だった。あとで少し手を入れたが。わずか十行ほどの文章だったが、さしあたり「聴覚の温浴」と題し、「輻輳するシンクロ」の前に置くことにした。

翌日、三十年くらい前のことを思い出した。K503をミケランジェリと協演したマークがモーツァルトのヴェスペレK339を日本のオーケストラで振ったのを聴きに行ったのを。マークは来日したわけだ。K339はモーツァルトの最も美しい宗教曲の一つで（第五楽章「ラウダーテ・ドミニウム」が絶品）かねがね生で聴きたいと思っていた。会場は上野の東京文化会館で、ある女性と聴きに行った。「名前の引力」で述べた、交際期間の短かった女性だ。交際期間は年をまたがなかったから、聴きに行ったのは何年のことだったか確定出来た。一九八六年。マークがミケランジェリと協演したK503は一九八七年のライヴ演奏とYou Tubeに書いてあった。一年ちがいだ。これもシンクロニシティの一つの現われだろうと思い、以上のことを「聴覚の温浴」に加筆した。

「輻輳するシンクロ」を書き終えたのは四月二十三日で、翌日の二十四日、別の記憶が浮かんできた。マークとミケランジェリが協演したK503は一九八七年六月パリでの演奏とYou Tubeに書いてあった。同じ一九八七年の一月、同じパリへベケットに会いに行っていたと思い出した。このシンクロも「聴覚の温浴」に加筆した。

それから数時間後の夕方、茶の間でテレビのニュースを観ていたときだった。そろそろ夕食の支度をしようと石油ストーブのスイッチをオフにした。（おかしな音やな……）いつもはピーと短い音がするが、音色が奇妙だった。スイッチを押したまま、思わず聞き入っていた。結果、音も長くなったが、スイッチから指を離すと、ほどなく音色の異状さがなくなり、普通の音色になった。それで理由が判明した。石油ストーブのスイッチを押したのと同時に、炊き上がりを知らせる炊飯器の音が隣の台所で鳴り、二つの音が混ざったのだ。指を離すと、炊飯器の音がまだ続いていた。

ミケランジェリやモーツァルトの音について書いたあと、音のシンクロが起きたわけだった。それでこの件も「聴覚の温浴」に加筆し、題名を変更して「音のシンクロ」とした。

しばらく経って、きのうも音の同時発生があったと思い出した。何の音だったか初めははっきり思い出せなかったが、茶碗同士がぶつかったときのような、ごく短い音だったとやがて思い出された。そんなような短い二つの音が、きょうと同じく茶の間と隣の台所兼食堂で同時に発生した。

湯呑み茶碗が別の茶碗類にぶつかったような音がしたのは、茶の間に居た私が台所兼食堂へ行こうと立ち上がった瞬間だった。同様な音は台所兼食堂のほうでも同時にしたが、なぜそんな音がしたのかあまり気に留めなかった。台所兼食堂には誰も居なかったから音がするはずがなかったのだが、その理由を考えようともしなかった。この奇妙な一件に関してメモを取っておこうかとチラと思ったが、何となくそうもしなかった。

物が自然に落ちたりして音が出る可能性はある。きのう台所兼食堂から聞こえた音は弾けるような、かなり大きな硬い短い音だったが、立ち上がってすぐ台所兼食堂に行ったとき、発生源らしい物や痕跡はあたりに存在しなかった。カスタネットのような音だった。茶の間でしたのは茶碗同士がぶつかったような音だった。

幻音というべきものが発生したのではなかったろうか。幻聴のことを言いたいのではない。音源が異次元にある音のことを言っている。高尾説から言ってもありうる現象だろう。この世ではない次元から発生する音だ。だから幻音ではなく超自然音と言い換えたほうがいいだろう。

「輻輳するシンクロ」でも言及したが、昨年、台所兼食堂を通って茶の間に入ろうとしたとき、カーンとコーンの中間のような、大きな金属的な音が背後でした。幻聴でも何でもなくリアルに耳に響いたし、音を発生させたのは空海の霊ではと推測された。きのう聞いた音も空海の霊が出した音、超自然音だったのではないか。きのうもきょうも茶の間と台所兼食堂という同じ二つの場所で発生したのは、発生者（発起人、いや発起霊という言い方をしたい）は同じだと発起霊が告げているということではないか。去年のあの大きな音は台所兼食堂から茶の間に入ろうとしたときに発生していた。こんどの音も、去年聞こえた音のように乾いて、どこか金属的だった。

霊的存在というものはこの世の時間の流れに支配されないのだろうから、私が石油ストーブのスイッチを炊飯器の炊き上がりの音とほとんど同時に押すことを予期していたのではないか。その予期のサインとして、また、発起霊は同一であると伝達するため、きのう超自然音を発生させたのではないか。

きのう、茶の間で立ち上がった瞬間、湯呑み茶碗がぶつかったような音を聞いたとき、湯呑み茶碗を手に持っていた。だから、音がしたとすればその湯呑み茶碗だったはずだが、別の物にぶつかった感覚はなかった。それと同時にガラス障子の向こうでカスタネットのような音が発生し、それを超物質的なものと直感したので、こちらの茶の間での音に対しても不自然を感じなかったという面もあった。実際にぶつかったのに不注意でそう感じなかったと解した面もあった。そばのローテーブルにはほかの湯呑み茶碗やらコップやら急須やらがあり、そのどれかが何かの加減で音を出したかと解してもいたようだ。

記憶を改めて探ってみると、あのとき湯呑み茶碗を持って立ち上がった瞬間に音がしたので湯呑み茶碗の音であるかのように〈解釈〉したのだ。つまるところ、茶の間で聞こえた音も隣の台所兼食堂で聞こえた音も超自然音だった。超自然音であることを確実に私に印象づけるために二つの音を同時発生させたのではないか。

一方、私自身も意識下で霊的存在と協力・連繫していたのではないか。そうでなかったら、石油ストーブのスイッチオフ音と炊飯器の炊き上がり音の同時発生など生じえなかっただろう。

つまるところ、以上の超自然音を発生させた霊的存在は空海ということになると思う。また、「聴覚の温浴」が加筆されてこの「音のシンクロ」となるまでを導いたのも空海と言えると思う。最初は「輻輳するシンクロ」の前に置いていた「音のシンクロ」をあとに配置換えするよう導いたのも同じ霊的存在だろう。

ということは、この『隠れた編集者』全体を半年にわたって導いてきてくれたのも同じ霊的存在ではなかったろうか。〈隠れた編集者〉とは空海ではなかったか。

「音のシンクロ」を「輻輳するシンクロ」のあとに持ってくる直接の誘因になったのは、「輻輳するシンクロ」で言及した、去年のあの大きな金属的な音だった。あの音と、きのうから二日連続して茶の間と隣室とで同時発生した音とのつながりを考えるとそんなふうに導かれた。二日連続した同時発生音の意味合いを読者に伝えるには、去年聞こえたあの音の件を先に提示するほうが流れとして自然だった。去年あの音を発生させたのは空海と考えられたから、この点からも〈隠れた編集者〉は空海と想像される。少なくとも、〈隠れた編集者〉は私がそう考えることを欲しているように思える。

博士夫人によれば、ＤＮＡが再生復活するのは三月二十日から四月二十日までと空海から伝えられたという。三月二十日は、「接着的シンクロ」の最初の段落――気に関する私の実体験と博士の所説との緊密なつながりを書き終えた日だった。また四月二十日はそれをアップした日だった。この二つの日付の合致は、〈隠れた編集者〉イコール空海であることを示しているように思う。

石油ストーブのスイッチオフ音と炊飯器の炊き上がり音が同時に鳴った九時間前の午前九時、ＳＬＪ便が配信されており、その二日前の博士夫人と博士とのこんな携帯メール交信が載っていた――ご飯を炊いておいて下さいとのメールが夫人からあったが、博士はそれを受信する直前に仕込んでいた、と。炊飯シンクロだ。

薄型テレビとエアコン

ベッドで目を覚ました。室内は薄闇が満たしていた。目から一メートルほど斜め上に、かなり大きな絵が浮かんでいた。烏帽子をかぶった室町か鎌倉時代の平民のような装束の男性が数十人、画面全体にひろがっていた。薄い黄土色の地を背景に、顔立ちも姿形もよく似た人物たちが上下左右、互いに等間隔を成して腰を下ろしているので曼荼羅図に対しているかのように受け取っていた。

そのうち絵は、薄型テレビが映し出しているものと知れた。薄型テレビは上方から吊り下がっていた。闇に紛れた天井のほうで、テレビの枠と同じ黒い材質で固定されていた。（こんなところにテレビがあったか……）右奥のほうを見ると、その半分くらいの大きさの薄型テレビが小机の上にあった。視線を戻すと、さっきの薄型テレビの代わりに、幅は同じくらいだが高さは倍以上ある、何かの機器の裏側とおぼしき、ライトグレーの物体が浮かんでいた。熱を逃がすための細い線状の穴がたくさんあり、細かなボルト類も付いていた。

もうこのころには、眠りから覚めきっていない意識が見ている映像だと認識していた。左手を上に伸ばし、見えている物の一番下をつかんでみようとした。つかめるほどの厚みだった。左手は物体を通り抜け、物体の映像が半透明になって左手の肌に映っていた。半透明の映像が左手を照らしていた。なかなか得難い眺めだった。

都内のビジネスホテルの一室だった。前の日は、姪の結婚式と披露宴に出た。友人と久しぶりに会う約束をしていたので、もう一晩、別のこのホテルに投宿した。その翌朝の六時過ぎに上述のことを経験した。

ずっと以前にも、目覚め際《ぎわ》にこの種の映像がしばしば見えた時期があった。たとえば、見たことのない文字だったり、陶器の表面に描かれた絵だったり。十年以上前だった。

前日まで泊まった、弟夫婦が用意したホテルは二十階建てだった。ホテルと名が付いているが、ビジネスホテル仕様だった。備え付けのポットで湯を沸かそうとしたが、スイッチが入らなかった。カードキー一つが室内の電気を支配しているので、照明が点いていないときはポットも使えなかった。寝る前に枕元の電気だけ点けて本を読むことも出来なかった。冷房も二十五度に設定されていて、温度調節もかなわない。二十五度は私には寒すぎる。これでは収容所だと思った。

そんな仕様になっていると知らされなかったのでフロントに電話した――「ポットの説明書には点灯すると書いてあるけど、点灯しませんよ？　灯が点《とも》ると書いてあるのに灯は点きません」するとフロントの若い男性は「ヒはつきません」と言った。「じゃあ、この説明書は嘘ですか」「はい。ヒはつきません」声に笑いがにじんでいた。点灯すると説明書にあるのが頭に入っていない返答だと思った。ポットの点灯部分にも点灯の文字があった。

そのあとで気がついた。私は灯が点かないと言ったのに、火が点かないと言っていると思い、彼は笑いを誘われたのだと。彼は赤い灯、青い灯という言葉を読んだことがないのだろう。

翌朝チェックアウトして外へ出ると、TDR行きと書いたバスが二、三台横付けされていた。東京ディズニーランド行きらしかった。それならTDLではと思ったが、東京ディズニーランドという日本語読みならTDRでいいわけか。TDRはローマ字表記ということになる。

もっとも、東京ディズニーリゾートという言い方があるらしい。それだとTDRになるわけだ。

何年か前、どこかのおばさんがベートーヴェンという日本語らしからぬ表記はけしからんのでベートーベンとすべきという運動を起こしたというのを新聞で読んだ。おばさんの企ては幸いにも無効に終わった。外国語表記のVをヴとするという、日本人らしい細かな心遣いの表われと言うべきで、私もベートーヴェンという表記のほうを好む。ヴァイオリンと読みたいし、書きたい。ベトナムやテレビは常用化してしまった（これを書いた一週間ほどして泡坂妻夫の推理小説『生者と死者』（新潮社）を読んでいると、J　B　ライン博士という表記が出てきた。外国語表記に合わせた日本語表記だ。一般にはJ・B・ライン博士と表記する）。

何年か前、永江朗の『不良のための読書術』（筑摩書房）でこんな言葉を読んだ——開いた本をうつ伏せにするようなことは私にはとてもできない、と。著者が何を言いたいのか分らなかった。何か迷信めいたことがあるのだろうかと思った。ハードカヴァー本をそうしても不安定なのでめったにやらないが、ソフトカヴァー本では読みさしにするときしばしばやる。鳥が羽根を休めたような形になるのでちょっと優美とさえ感じる。安息感もある。文庫本を同じようにした場合、横幅が足りないので尻を持ち上げたように不恰好になる。だからあまりやらない。背表紙から本の端っこまでの曲線が魅力だ。

羽田からの出発便まで充分時間があったので国会図書館に行った。読んでおきたい短篇小説が数日前からあったが、県立図書館は所蔵しておらず、県内のほかの図書館から取り寄せてもらわねばと思ったが、上京したとき国会図書館で読めばいいと気がついた。

読書席でそれを読んでいるうちいつのまにか居眠りしていた。肩をつつかれて目を覚ますと、館内職員がテーブルにうつ伏せにされたソフトカヴァー本を指差し、「本がいたみますので」とソフトに諭された。このときあの疑問が氷解した。残り三十ページほどのところでうつ伏せにされていたので、羽根はテーブルにピッタリ付いていた。

謝ってすぐに直したが、自分の本についても今後そうしようとは思わない。私にとってソフトカヴァー本のうつ伏せにされた様子は、本のフレキシビリティの表現だ。本の特長であり、美感も伝える。

国会図書館は六年ぶりだった。入館者用のパソコンのソフトが一変しており、かなり戸惑った。

前回は国会図書館で調べ物のために閲覧する予定の本が二冊あった。その前日に池袋のジュンク堂書店に寄ると、そのうちの一冊があった。十数年前に出た本だった。それで、次の日の国会図書館での調べ物は一件だけになった。

前回も今回と同様、羽田からの午後の便だった。出発時刻も同じで二時五十五分。前回は出発時刻の九分前、東北地方沿岸に大津波をもたらしたあの地震が起きた。羽田も大きく揺れ、結果的に一晩、構内で足止めを喰った。

ビジネスホテルの薄闇で見えた薄型テレビや何かの機器の裏側は、自分がこれまで見た何かから取材されて生じた映像ではないかと思っていた。薄型テレビのほうの出所は、右の文章を八、九割書いたころ知れてきた。たぶん、間違いないと思う。

六年前、羽田であの地震に遭遇したとき、目の前の斜め上の壁に薄型テレビが固定されていて、地震の間ずっと、それが強く揺れ続けるのを見守り続けていた。もげて落下し、無残に崩壊しなければ、地震被害の拡大も防げるかのように思いなしていたようでもあった。ビジネスホテルの薄闇の高所で固定されていた薄型テレビは、あの地震のときの薄型テレビの記憶から来ていたにちがいない。

目覚め際の薄闇のなかでそれを見る前の日から、国会図書館に行く予定にしていた。だから、六年前同じ図書館へ行ったことや、そのあと羽田に行って地震に遭遇したことが意識下でつながったにちがいない。

何かの機器の裏側はエアコンの裏側ではなかったか。先に泊まった巨大ホテルのエアコンも、その次の日に泊まったホテルのエアコンも、本体は見えなかった。「裏側」はそのことを象徴ないし表象していたのだと思われる。そう表象ないし象徴したのは私の心の機能にほかならなかったろう。より正確には、心の機能がより上位の魂の機能とドッキングしたと言うべきだろうが。エアコンをつかんだ私の左手の肌がエアコンの像を映すと同時に、その像が左手を照らしていたのも、そういうドッキングの結果だったろう。

あとに泊まったほうのビジネスホテルではエアコンの温度を自分で調節出来るようになっていた。冷房をあまり好まない私は、体感に従ってスイッチを自由に出来るのを喜んだ。それがエアコンのあの像になったのだろう。

一番最初に見えた、鎌倉か室町時代の装束をつけた人々の絵については、その時代の記憶（前世と言っていいかもしれない）とリンクしていたのではないか。その絵を曼荼羅図に対するように見ていたということは、曼荼羅図が象徴するような次元とも意識のより深い所ではリンクしていたことを示していたように思う。

予定された編集

二、三十年前に読んだゴールズワージーの「りんごの木」が思い浮かんできた。長めの短篇とも短めの中篇とも言える長さの小説だ。私は長篇と中篇を『　』で表記し、短篇を「　」で表記している。ゴールズワージーのこの小説は「りんごの木」と表記しよう。「りんごの木」よりも長い梅崎春生の『幻化』（新潮社）を短篇のアンソロジーに収録した文庫本を古書店で見たことがあった。「りんごの木」を読んだのは二、三十年も前なので、細部はほとんど覚えていなかった。しかし、すばらしい核心部分があり、そこから当時受けた感銘はずっと心に残っていた。

主人公の男性が若いとき一時過ごした土地へ、長い歳月が経ってから再訪する。彼は再訪しているとも気づかない。その土地で年ごろの女性との短い交際があったが、そんなことも忘れてしまっている。最後にその女性とひとときを過ごした場所（野原のなかの一つの場所だったと思う）へ、意識することなくひとりでに徐々に近づいていき、最後にすべてを思い出す。

そこに至るまでのゴールズワージーの筆致がすばらしかった。本当を言えば、小説を読んで深い感銘を味わうのはめったにないことだ。「りんごの木」にはそれがあった。

あの感銘は何から、どこから来ていたのだろうと考えた。ある特定の場所へ、長い年月を経て別な方角から遠巻きに少しずつ近づいていき（読者もかなりあとになるまで真相を知ることはない）、ついに主人公はそこがまさしくかつてひとときを過ごした場所と知るという過程。それが強い感銘になった。

なぜそうなったのだろう。読者であった私は、作中の場所に対して終始、超越的な位置に居た。そして、いま述べた過程は、次の過程に似ている——超越的な位置にある霊魂が肉体という一つの場所へ向かい、合体して地上生活を送るようになる過程。人はかつてこの世へ来てそこで過ごしたことを忘れるように、「りんごの木」の主人公も前にそこを訪れたことを忘れている。

私の場合、天国に居たときの記憶が少しある。そこから降下して胎内という一つの場所に入り、胎児の体と合体した経験＝記憶もある。だから、主人公がかつて訪れた場所へ長い年月を経て再訪していると主人公自身が知るまでのプロセスから強い印象を与えられたのだ。

だが、「りんごの木」が人々に長らく迎え入れられている事実は、同様な経験＝記憶との共鳴が人々の心に何ほどか生じているということではないだろうか。

右の十行ほどの結論的な箇所は、書き出したときまだ浮かんでいなかった。とりあえず、別の拙著中の一篇に続けるかたちで書いてみることにした。初めは「「りんごの木」」と題した。「りんごの木」を再読せずに書いた。

結論的な箇所を書き終えてみると、全体の内容はこの『隠れた編集者』の一篇として適したものになっていると気づかされた。二、三十年も前に読んだ「りんごの木」のことが浮かんできたのは、心底で〈隠れた編集者〉に示唆された結果だったように思えてきた。

上森さんの四冊目

「りんごの木」と似た味わいの短篇小説を何年か前に読んだのを思い出した。阪田寛夫作と憶えていたが、題名は忘れていた。ノートを調べると「菜の花さくら」だった。二〇〇三年に読んでいた。十四年前になる。阪田のものは短篇を数篇読んでいる。

「菜の花さくら」は、都内のある地区のことを書いた短篇で、作者のいま現在とその地区との間に存在しているなつかしいような距離感が、「りんごの木」の味わいと似ていると感じさせたのだろうと思った。

その地区にうららかな陽光が射しているイメージが心に残り続けていた。このイメージは、作中のその地区のイメージと重なり合っていたので、その地区自体が放っているイメージのように受け取っていたが、少し考えてみればそんなはずはないのだった。私はその地区のことを知らないのだから、そのイメージは作品から与えられた、ないし醸成されたものだった。

徳田秋声の『縮図』を読む間、側頭部に微光が灯り続けたことがあった（「三文豪と咳」）。あの微光と同質・同類と言えるだろう。両方とも薄い黄色に輝いていた。その意味で「菜の花さくら」のあのイメージには地上的なものから離れた要素もあった。そう思うか思わぬうちに、そんなような要素のあった短篇があったと思い出した。同じ阪田寛夫の短篇「海道東征」。「菜の花さくら」より何年か前に読んだと憶えていた。両短篇ともアンソロジー本で読んでいた。

「海道東征」では、作者の夢に作曲家の信時潔《のぶとき》が現われる。そのことと関係した要素だったと憶えていた。だが、それ以上のことは思い出せなかったので、パソコンに保存してあるはずの文書を探してみた。以下のような短文が見つかった。書いたのは十年ほど前だったが、「海道東征」を読んだのは、そのさらに数年前だった。

阪田寛夫の「海道東征」

小林秀雄は永井龍男の「青梅雨」について、チェーホフにもモーパッサンにも書けない、日本人にしか書けない短篇だと評したことがあります。同じことがこの短篇にもあてはまると思います。この短篇で私が最も惹かれる要素については、これから読む人のためにも「言わぬが花」でしょう。それは作品の構成全体を通して伝わってくるものです。作者がその伝達内容を明確に意識していたかどうかとなると微妙です。しかし作品の価値というものは作者の意図をしばしば超えるものなのですから、そんなことはどうでもいいようなものです。読者に伝わることが何より大切なのですから。たとえ、読者のほうもそれを無意識的にしか受け取らないにしても。

「海道東征」とは信時潔が作った曲名でもありますが、私はその曲を聴いたことはありません。けれども、この作品の文体が帯びている「声」は朗詠的で、それがこの作品の魅力的な美質になっているると同時に、信時の同名の曲と声を合わせているのではとも想像されてきます。

この文章で「私が最も惹かれる要素」とあるのが、「菜の花さくら」から連想した、地上的なものから離れた要素だった。私はそれをこの文章中で具体的に書いたように思っていたが、書くのを抑制したようだ。半年ほど前、ミケランジェリの独特なピアノの弾き方について書いたつもりが書いていないなかったのと似ている。あの場合は、書いたのは書いたが、あとで抹消してしまっていた(「ミケランジェリの弾き方」)。

その、抑制して書かなかったのはどんな内容のことだったかは思い出せなかった。「海道東征」は川端康成文学賞の受賞作で、選者の吉行淳之介の評は私の解釈から遠く、別の選者山本健吉の評は私の解釈に沿うものだったというのは憶えていた。

冒頭の段落のモチーフが浮かんできたのは、「予定された編集」を書き終えたあとだった。それとともに、この『隠れた編集者』がどうしめくくられるのかが少し読めてきた。

鍵は空海と思われた。『隠れた編集者』ではこれまで、空海の存在がときどき垣間見えてきた。空海が〈隠れた編集者〉にほかならない可能性についても書いた。一方、上森さんはブログで何ヵ月も前から四冊目の自著について予告していた。題名は『空海さまと七福神が隠して伝えた「世界文明の起源」』(ヒカルランド)。

この上森本が『隠れた編集者』のしめくくりと関係していると思われた(博士夫人にも何ヵ月も前から空海が何度となくアクセスしているという報告がＳＬＪ便であった。数日前の配信分でも、ろうそくやエメラルド333などを供えての博士夫妻のある浄化行のサポートに空海が来ていたとの報告があった)。

「予定された編集」を書いたのは五月九日で、上森さんの『空海さまと七福神が隠して伝えた「世界文明の起源」』は数日前に発行されていた。『ハムレットと熊本地震』の初校刷りを版元に返送したのは五月七日で、その翌日、上森さんの本をアマゾンに注文していた。その翌日か翌々日、「海道東征」を収録した本を県立図書館に予約した。再読すれば、「阪田寛夫の「海道東征」」で書くのを抑制したのは何だったか思い出せるかもしれないと思ってだった。

五月十二日の午後、「海道東征」を収録した本が県立図書館から届き、二階の書斎で読み始めた。半分ほど読んだころ、表でバイクが止まる音がし、郵便受けが開け閉めされる音が聞こえた。上森本が届いたのだろうと思った。「海道東征」を読み終えてからと思ったが、待ちきれなくなり、行ってみた。思った通り、ほかの郵便物と一緒に入っていた。

以前から上森さんが書いていることであり、それについて私は肯定も否定もできないのだが、この新刊本でも神武天皇はイエス・キリストだと上森さんは書いている。「海道東征」は、神武天皇の東征をテーマに信時潔が作った曲「海道東征」をめぐっての小説だった。それを読んでいた最中に、神武天皇=イエスと断言する本が郵便受けに届いたのだ。さながら啓示のように。

かつて私は「海道東征」を熟読しながら、こう思っていた(ノートを見ると一九九九年のことだ)

――もし神武の東征が軍事的な征伐だったとしたら、この小説も信時潔の「海道東征」もあまりにもむなしい。神武は、アメリカ先住民が一八世紀以降にされたことを、遥か古代にやっていたことになる。私は心がゆらぎながら、軍事的征伐ではなかったと思うことにして読み進んだ。その、かつての希望的思いを支持してくれるように、神武＝イエスと断言する上森本が、「海道東征」を読んでいた最中、郵便受けに投函されたのだ。

神武がイエスなら、軍事的な征伐でなかったことを受け入れるのは容易だ。イエスは「殺すな」という言葉の主だ。神武＝イエスと速断すべきではないかもしれないが、少なくともこのシンクロニシティは神武がイエスのような平和主義だったことを示しているとみなしたい。

信時潔が作曲した「海道東征」は、紀元二六〇〇年と言われた昭和十五年に発表されている。戦争（私の父も駆り出された戦争）に突入する前年のことだ。阪田の「海道東征」には軍事的ないし好戦的なものはない。小説「海道東征」は、放送会社に勤めていた阪田の企画で信時の「海道東征」が昭和三十七年に再演されるまでを語っている。

イエスが十代から二十代にかけてどこで何をしていたかはイエス研究の的だ。上森さんは、日本に来ていたと書いている。イエス以前にはモーセも居て、モーセもイエスも日本で終焉を迎えたという。この点を否定する気はなぜか起きない。実際にそこにあるかどうかは別としてイエスやモーセの墓と言われるものが前者は青森に、後者は石川にあることからは、あるリアリティを与えられる。

イエスはキルギス生まれで、日本滞在後インドやキルギスを通ってイスラエルに行ったと新刊上森本にある。磔刑にされたが、処刑人に急所を外すよう弟子たちがあらかじめ話をつけておき、死んでしまったと言ってイエスを運び出し、墓に入れたと見せかけて介抱したという。イエスの手足は釘付けにされたのではなく、縛られていただけだったらしい。

日本に帰って静養し、百年以上の寿命を全うしたという。イエスの墓とされる場所も上森さんは特定している（ちなみに、五月九日に配信されたＳＬＪ便では、博士夫人に一月十二日にアクセスしてきた十二使徒の一人が、イエスの双子の弟が身代わりとなって磔刑にされたと伝えてきたという。聖書中に墓は空っぽだったとあるように、イエスを取り逃がしたと知った時の権力が、双子と知らずに誤って、あるいはそれを承知の上で弟を殺したということか）。

私は、よみがえったイエスが弟子たちの前に現われたとき、一人だけイエスと分らなかった弟子に、槍で刺された跡を触らせたという聖書中のくだりを三十歳くらいで最初に読んだとき、生理的に嫌な感じを持った。後には、あのくだりは嘘として確度が高いと思うようになった。

イエスのそんな振舞いが卑俗過ぎると思ったし、大体、目の前に居る人をイエスと思えなかった者が傷跡を触ったぐらいでイエスと信じるだろうか。信じるだろうと判断して傷跡に触らせたのはイエスなのだから、イエスはあまり賢い人物でなかったことになる。

よみがえったあと随分外見が変わったらしいイエスをほかの弟子たちがイエスと分ったというのもおかしいし（よみがえりという異常事態の下では何でも起こりうるかのよう）、外見が変わったにもかかわらず傷跡は同じままというのもおかしな話だ。何でも起こりうるのだから、そんな魔術を瞬時のうちにイエスが使ったというのか。

思い出した。短文「阪田寛夫の「海道東征」」を書いたのは十年ほど前だったが、「海道東征」を読んだのはそれより何年か前だった。それで、「阪田寛夫の「海道東征」」を書く前に再読すると(従って今回は三読になった)、最初に読んだとき浮かんだ解釈は完全な幻想だったように思われた。つかみ取ったものが知らぬ間に指の間から全部漏れ落ちていったような感じだった。だが、初読したときそんな解釈が浮かんだのも間違いないことだったので、間接的な表出というかたちで残したのだった。初読のときは一字一句精魂を傾けて読んだので、知らず知らずのうちに意識が変性していたのかもしれない。再読のときは普通の読み方だった(三読のときも)。

阪田は信時に四、五回会ったことがあった。「海道東征」の最後の文章はこうだ――「信時さんが、わが家へ泊まりに来た夢を見たのはその晩のことであった。」

「わが家へ泊まりに来た夢」のことは冒頭で詳しく述べられていた。だが私は最後のその文章を初読したとき、そんな夢のことはすっかり忘れたまま、最後のその文章を阪田が書いたとき信時潔の霊が臨在していたとほとんど実感した。作者もそう実感したうえで、その文章を書いたのではと思われた。いや、それだけにとどまらず、「海道東征」が書かれる間ずっと信時潔の霊が臨在していて、作者もそれを漠然と感じていたのではないかとさえ思った。「海道東征」のエッセンスはこれだと思った。

「信時さんが、わが家へ泊まりに来た夢を見たのはその晩のことであった。」――作者阪田がこの文章を最後に置いた理由は何だろうか。この最後の文章は、信時のその夢について述べた冒頭に回帰するように見える。だが、それだけだろうか。回帰するとは、省みるということではないだろうか。

阪田が「信時さんが、わが家へ泊まりに来た夢を見たのはその晩のことであった。」と書いたとき、(私が君の家に泊まりに来たという夢は、君が書いている場に私の霊が臨在していることの象徴だよ)というような、信時の〈ささやき〉があったのではないだろうか。阪田はそれに対してはっきり意識的ではなかったかもしれないが、それに誘引されたからこそ、その文章を「海道東征」の最後に持ってきたのだと思う。なぜなら、そのあとには空白が続く。紙面の空白が。そこは、信時の霊のために設けられた場だ。そういう場の象徴だ。阪田はそこへ引き寄せられて「信時さんが、わが家へ泊まりに来た夢を見たのはその晩のことであった。」を最後の一句としたと想像される。その結果こんな構図になる――阪田の家に信時が泊まりに来たという夢を見たという文章に信時の霊が寄り添っている。

では、信時の霊が阪田に臨在したのはなぜだったか。彼が作曲した「海道東征」は、神武の行為と調和ないし協和していたと死後になって知らされた(ないし確認出来た)からではないだろうか(ちなみに、信時の中学時代のことだが、友人と町を歩いているとき、前を行く人に神通力を働かせて耳をつまませたり掻かせたりしてやると言い、十中八九その通りになったというエピソードを、阪田は「海道東征」の冒頭で信時が彼の家に泊まりに来た夢のことを書いたあとに続けている。信時の神通力は彼の死後も有効で「海道東征」の阪田に作用したのだろう）。

「海道東征」を私が初読したのは一九九九年だった。短文「阪田寛夫の「海道東征」」を書いたのはそれから八、九年後だった。その八、九年間ずっと、「海道東征」のエッセンスと思ったものを固定観念のように抱いていた。「阪田寛夫の「海道東征」」を書いたあとはエッセンスの記憶は薄れていったが、初読のときから数えると十八年の間、非常に微かにではあったが保たれていたと言える。

これと似た経過は一年前にも経験していた。季節も同じだった。立花隆の武満徹についての文章で「リディア概念」という言葉が雑誌で目に留まり、関心を引かれた。単行本になったら読もうと思った。年月が経つうちに「リディア概念」というその言葉を忘れていった。しかし、一厘の仕組みという比喩を用いたように（『ハムレットと熊本地震』）、忘れてしまった言葉とのつながりまでは消えず、それを通して武満徹についての立花の本のことは忘れなかった。最初にあの言葉を雑誌で見たときから二十二年経って出版された本を買うと、驚くべきシンクロニシティを経験することになった。

同様に、「海道東征」を初読してから十八年経って、先述した神武に関するシンクロニシティが上森さんの四冊目を通して起きたのだ。このシンクロニシティにも、「海道東征」を初読したとき持った特別な感覚が、途中でその具体的な内容を忘れてしまいながらも、ぼんやりした輪郭だけは記憶に残り続け、あの神武シンクロへ導かれることになった。

阪田の「菜の花さくら」を再読してみると、ゴールズワージーの「りんごの木」と同じく、かつて来たと同じ場所であることを長年月のあとで気づくページがあった——語り手の「私」が二十代のとき迷い込むように立ち入って広範囲の菜の花畑を目の当たりにした場所があった。後年、建設ラッシュ期に都内に建った団地の一つに「私」は住むようになったが、それから三十五年も経ってようやく、団地はあのときの菜の花の場所を一画として建てられたと気がつく。

「りんごの木」から「菜の花さくら」を連想するのは自然な流れだったろう。「菜の花さくら」から「海道東征」への連想も、作者は同じだったから自然だったろう。

では、そもそも「りんごの木」はどうして思い浮かんできたのだろう。〈隠れた編集者〉が関与していたのではないか。そうだったからこそ、三つの小説が連繋して神武にまつわるあのシンクロニシティが成立したのだと思う。その神武シンクロニシティに私は意識下で同調していたのだろう。時間を超えた次元とつながっていたのだろう。

立花本にまつわるシンクロが起きるまでには二十二年が経過した。神武シンクロニシティについては十八年だ。二つのシンクロニシティは両方とも社会性・国際性を有している。社会性・国際性とは歴史的・時間的蓄積があるということだ。この種のシンクロニシティが成立するには、それに見合うほどの長期的つながりが、時間を超えた次元との間で必要だったということではないだろうか。そんなシンクロニシティを受容する器として、そんな長さの年月を要したということかもしれない。
『脳・胎児記憶・性』補遺を書いた十年ほど後になって、『脳・胎児記憶・性』補遺はこの『隠れた編集者』に編入された。もう一点――犀星の『かげろうの日記遺文』を古書店で買って読み通すまでに七、八年かかった。それより前にも、『かげろうの日記遺文』を読もうとして読めなかった何年間があった。これら二つの延長的年月は、「海道東征」とからんだ神武シンクロニシティが起きるまでに十八年かかったこととシンクロしている――リンクしていると思われてきた。

十年前になるが、『脳・胎児記憶・性』はD社に持ち込んで出版を約束してもらっていた。だが、先に持ち込まれた原稿を本にしていくのを待たねばならなかったから、いつまでに出版という約束ではなかった。

その年の九月、年が終わるまでに出版しておくよう、何かが私を衝き動かしてきた。D社に電話し、今年中に出版出来ないのを確認すると、自費出版する旨を伝えた。編集長は「待っていればあなたの本は書店に並びますよ」と言ってくれたが、今年中に出版したいと言うと、ある金額を出せるなら可能と言われた。自費出版の費用のちょうど倍だった。それだけの貯金はギリギリあったが、年内に出版しさえすればいいと感じていたから自費出版でもいいだろうと思った。少部数になることに不満や不安はなかった。

ところが、『脳・胎児記憶・性』の校正が終わろうとするころ、補遺のモチーフが浮かんできた。

補遺を書いたが『脳・胎児記憶・性』には収録出来ず、宙ぶらりんになってしまった。宙ぶらりんがそのまま二年三年と続くうち、年内出版へのあの衝き動かしは一体何だったのだろうと時折思い出し、茫然とした。衝動のままに愚かなことをしたのかもしれないという後悔が淡く浮かんできたこともあった。

いまや、あの衝き動かしがもたらした宙ぶらりんは、神武シンクロニシティへリンクさせるためだったと思われる。『脳・胎児記憶・性』を自費出版しようと決めたのは、二〇〇七年九月だった。九月半ばだったと思う。宙ぶらりんだった補遺を『隠れた編集者』に編入したのはことしの四月下旬だった。九年半あまりが流れていた。

『かげろうの日記遺文』を読もうと最初に思ったのはいつごろだったろう。田舎へ帰ってから満七年が過ぎたが、それより二、三年前だったように思う。すると、九年から十年が過ぎたことになる。『脳・胎児記憶・性』補遺の九年半と近似した期間だ。しかも、『かげろうの日記遺文』を読んで「犀星とエーテル体女性」を書き終えるころに、後続する一篇として『脳・胎児記憶・性』補遺を編入する流れになっていたから、二つの期間はほぼ同時的に終わったことになる。目に見えない存在が二つの期間の長さを近似的にさせ、二つの期間の終わりを同時的にさせたように思われる。

この存在は、〈隠れた編集者〉にほかならないのかもしれないし、それとリンクした別の存在なのかもしれないが、一〇年前『脳・胎児記憶・性』を年内に出版するよう衝き動かした存在だったにちがいない。その同じ存在が、『かげろうの日記遺文』を読もうとすると決まって最初の二行で読む気をなくさせたのだと思う（『かげろうの日記遺文』を読み通せたのは、あの不可思議な脳圧上昇が数時間も続いたあとだった）。

そうして、私が『かげろうの日記遺文』を読んで「犀星とエーテル体女性」を書き『脳・胎児記憶・性』補遺を『隠れた編集者』に編入した約三週間後（その途中、こんな編入、ありなのかと思った）、あの神武シンクロニシティが起きたことになる。それは、神武シンクロニシティは意図的に起こされたことを示すだろう。

では、なぜ九年ないし十年の年数が『脳・胎児記憶・性』や『かげろうの日記遺文』に関して必要だったのか。神武シンクロニシティとのつながりを示すには、たとえば四年か五年の年数でも足りたのではないか。

神武シンクロニシティには歴史的＝時間的蓄積という一種の対蹠物《たいしょ》があった。高次元界からもたらされたと思われるこのシンクロニシティの受け皿として、それに見合う九年ないし十年という期間が必要だったのではと思う。

その九年ないし十年の間、一種のエネルギー・チャージがおこなわれていたのではないか。『脳・胎児記憶・性』補遺の宙ぶらりん状態や『かげろうの日記遺文』の不読状態が続くことを通してだ。『かげろうの日記遺文』の不読状態も『脳・胎児記憶・性』補遺と同じく宙ぶらりん状態だったとはいえ、それらはとりもなおさずエネルギーの宙ぶらりん状態だったと思われる。『脳・胎児記憶・性』補遺とリンクしたエネルギーは、この『隠れた編集者』に編入されることによって解放され、『かげろうの日記遺文』とリンクしたエネルギーは、とうとうそれを通読して「犀星とエーテル体女性」を書くことによって解放されたと思われる。神武シンクロニシティが起きる約三週間前のことだ。ちょうどそれに合わせて、神武シンクロニシティの現実化も用意されたのだと思う。

高尾説によれば、他界＝高次元界からこの世へ来るエネルギーとこの世から他界＝高次元界へ向かうエネルギーがあり、両者は一点で出合う。両者とも螺旋運動するが、互いに向きが逆であり、それらがゼロ点と呼ばれる一点で合致する。ゼロ点はこの世と高次元界の境目だ。高次元界を知覚することが容易でないのは、こちら側の世界とゼロ点一点でしかつながっていないからだとも言える。

神武シンクロニシティは高次元界から来る一方、私から解放されたエネルギーは高次元界方向へ向かい、両方向のエネルギーがゼロ点で合わさったとき神武シンクロニシティが生じたということではないか。神武シンクロニシティの受け皿という言い方をしたが、それは、高次元界からのエネルギーをゼロ点で受け止めるべくチャージされた、反対方向のエネルギーだったのではないだろうか。

脳圧の上昇が何時間も続いたのは、神武シンクロニシティが起きる約四十日前のことだ。あれも、特別なエネルギーを受け止める準備だったのかもしれない。

『脳・胎児記憶・性』を校正していた期間中、某テレビ局の取材を受けないかと版元から打診されたことがあった。私なりの理由でそれを断ったが（『神奇集2』所収「「ワニの予言」その後」）、もしあのとき取材を受け入れていたら、神武シンクロニシティの現実化は妨げられたのではないか。私個人の内的領域でせっかくチャージされ始めたエネルギーは、社会性に曝されることで拡散されてしまったのではないか。ちょうど、胎児が外部世界に曝されるべきでないように。

無視出来ない事実がある。東京に居たころ、勤め先の地番は一ー十八ー一で、そこに勤務してから数年後、一ー八ー十八の地番に住むようになった。当時私はこれを、住む期間や勤務年数と関係があるのではと予想した。後にそれが当たっていたと判った――八を地番に持つ住所に住んだのは八年だったし、勤務年数は一＋十八＋一＝二十年だった。

だが、それだけだろうか。これら勤務地や住所の地番にあった十八は、神武シンクロニシティが現実化するまでの年数十八と一致している。数霊の、数霊によるシンクロニシティと言うべきではないか。

地番一ー十八ー一に勤務し始めたのは、神武シンクロニシティの始まりである阪田寛夫の「海道東征」を初読した一九九九年より九年前になる。そのとき（すなわち九＋十八＝二十七年前）から神武シンクロニシティは起動していたのではないか。「海道東征」はその数年前に発表されていた。「海道東征」を初読したのは、その十二年後であり、一ー八ー十八に住んだ八年の中間期になる（この八年は勤務期間の二十年内に含まれている）。

勤め先の地番一ー十八ー一に対応する二十年が終わる約三年前、『脳・胎児記憶・性』補遺のあの宙ぶらりん状態が始まり、『かげろうの日記遺文』を読もうとして読めない状態も同じころ始まった。神武シンクロニシティとの十八の一致自体がエネルギーを持っていて（数霊のエネルギーと言うべきか）、勤めをやめることでそれが途切れてしまう前に『脳・胎児記憶・性』と『かげろうの日記遺文』関連のエネルギーが産み出されたように見えてくる。

この世の時間というものはリニアル（線的）な見方によっており、本質的なのは同時性だという考えがある。この考えからすれば、二十七年前に神武シンクロニシティが起動していたのではなく、二十七年前から存在していたと言うべきかもしれない。シンクロニシティは、同時性次元からの漏出現象のようなものと言えるだろうか。

意図（のようなもの）が二種類想像されてくる。

① 神武は実在した人物であるにもかかわらず、神話中の人物であるかのように装う。神話的人物なら武力征伐の真偽は厳しく問われない。うやむやに出来る。この神話的人物を、実在したと認める天皇たちの前に置けば、戦争を容認する傾向を潜り込ませられる。戦争を命令される可能性を人々に刷り込むことが出来る。「この戦争は悪魔と悪魔の戦争や」――信時潔作曲の「海道東征」が初演された翌年に始まった戦争についての出口王仁三郎の言葉だ。

② 槍で突かれて死んだイエスがよみがえったとすれば前代未聞のこと。ラザロの復活と同日の論ではない。人々の判断能力の弱さに乗じ、嘘の報告元は前代未聞性を笠に着て権力を強めていく。イエスのよみがえりの前代未聞的な片割れが、イエスの母マリアの処女懐胎だ。出生と死とい

う、人々の意識がアプローチしにくい領域でのさらなる権威付け。聖書無謬説ないし教会無謬説の根っこはこれだろう。無謬を表に出すことによって、早期に吐かれた嘘を庇っている。

①にも②にも謀略的なものがある。

阪田寛夫はキリスト教徒の両親の下で育ち、自身も洗礼を受けた。だが、彼が恃《たの》んでいたのは教会組織ではなくイエスだったのだと思う。彼は「海道東征」を書くことを通して、「海道東征」を作曲した信時の霊をもおそらく通して、実在の神武に心底でアクセスしていたのではないだろうか。するとここでも神武とイエスが近づき合うように見える。

「輻輳するシンクロニシティ」では、Oさんのチャネリング情報から敷衍《ふえん》して、かぐや姫が帰ったのは月ではなかったかもしれないと書いた。かぐや姫は実在した人物でなく、モデルが居たという考えの下でクジラ座出身かもしれないと匂わせたつもりだった。上森さんは、かぐや姫のモデルは日御子だと書いていた。高句麗の山上王が日御子にプロポーズしたと四冊目で書いている。かぐや姫が貴族たちにプロポーズされたエピソードと見合う。

かぐや姫は竹から生まれたとされている。三重県の斎宮跡にある竹神社跡に石碑がある。これに向って手を合わせると、そこから数百キロ離れた所にあると上森さんが指摘する日御子の墓に向かって手を合わすようになっているとのことだ。これもかぐや姫＝日御子説を支えるだろう。

Oさんのチャネリングによれば、竹は地球産の植物ではなく遥か遠い古代にクジラ座から、最初はエネルギーのかたちでもたらされたという。松竹梅の梅や松もそうだった(「輻輳するシンクロ」)。そうすると、日御子はクジラ座の惑星出身という可能性も考えられる。

こんなこともあった。「それは分らんぞ」では、上森さんの言う日御子の墓のことに少し触れた。私の父方のルーツは平家とつながっているかもしれないとも書いた。「それは分らんぞ」をアップした二日後、上森さんのブログを見ると、上森さんの祖父が、先祖は平家の武士だと言っていたとあった。

前世に関するこうした事柄やクジラ座に関する事柄も、同時性の相の下にあるのかもしれない。

付記

上森さんが日御子は琴座(のヴェガ)出身と述べている一方、私はクジラ座の出身である可能性が考えられると述べたことについて博士へのメールで次のように書いた。

「クジラ座と琴座の件ですが、なにしろ何万年何十万年のスパンで起きたことですから、両方ありえるのではと思いました。」

そのあとこのメールをパソコンの「高尾博士との交信」ファイルに保存した。数時間後、博士から返信があった。Oさんのチャネリング情報によれば、博士と夫人は一千万年前にクジラ座のタウ星を百人乗りの宇宙船で出発し、プレアデス星団のアルキオネに到達した後、五百万年前に五百人乗りの宇宙船でエジプトに着いた。それで博士は、日御子もクジラ座のタウ星から琴座のヴェガを経由して地球に来たと推測されるとお書きだった。

博士のこのメールを保存しておくべく「高尾博士との交信」ファイルを開くと、前に保存した自分のメールが消えていた。ＵＳＢメモリーに保存したほうは大丈夫かと調べると、こちらも消えていた。日御子はクジラ座の出身ではないと知らせるべく神霊がしたことかと初めは思った。しばらくして、「何万年何十万年」という箇所をうろ覚えのように書いたのを思い出し、うろ覚えで書くなと示唆されているのかと思った。

そのうち、「何万年何十万年」と書いたときの心の動きを思い出した。そう書く直前、一千万年前という数字が頭の隅に浮かんだが、あまりに茫漠とした数字だった。もう一つの五百万年前という数字はうろ覚えで、はっきり浮かんでこなかった。こちらの数字についても一千万年前と同様に茫漠とした年数だったとは憶えていたので、自分にとってもっと受け入れられやすい「何万年何十万年」という単位にしたのだった。

神霊はＯさんのチャネリング情報を信憑性が高いと博士夫人に伝えていたのはＳＬＪ便で読んでいた。その神霊は空海と和気清麻呂であるとのことだった。どうやら、一千万年前という年数も信憑性が高いと示唆するためにあのメールをパソコンからもＵＳＢからも消したのだったらしい（この箇所を書いた三ヵ月後、これと親和的な記述にジョージ・アダムスキーの『質疑応答集』（文久書林）で出合った。ＵＦＯを操る異星人たちは、送った想念に対しての地上の人々の反応を画像にできる、と）。

ここで和気清麻呂が出てきた。この『隠れた編集者』の前半部で「和気清麻呂つながり」を書いたが、最後に来てまた和気清麻呂つながりとなった。

「音のシンクロ」では、〈隠れた編集者〉は空海ではと書いた。博士夫妻にはたびたび空海と和気清麻呂が一緒にアクセスしてきている。同じことが『隠れた編集者』にもあてはまるのかもしれない。

この「上森さんの四冊目」の前半部をアップしたのは七月十三日の午前六時だった。三時間後、SLJ便が配信され、森義光さん（M総研）の体験的レポートが掲載されていた。そこに森さんの意見として神武イコールイエスと書かれていた（森さんは、これまで二度テレビ局の取材を断ったと書いていた。前述したように私も『脳・胎児記憶・性』の校正期間中に同じことをしたから、この点でもシンクロしている）。

もう一つ。「みちづれ」を書いたのは昨年十一月だった。「みちづれ」は三十数篇から成る『隠れた編集者』の第四篇だ。数ヵ月前、「みちづれ」の内容は『隠れた編集者』全体から見て浮いているように思われてきた。「みちづれ」の内容を具体的に思い浮かべることなしに。

いまやあれは、「みちづれ」もちゃんと『隠れた編集者』の重要な一部であると知る予感だったかのようだ。なぜなら「みちづれ」は、作者三浦にアプローチした死者の霊という考えを扱っており、同じく「海道東征」の作者阪田にアプローチした霊という考えとここへ来てシンクロすることになった。

このシンクロは作者にアプローチした死者の霊という考えが正しいとの示しでもあると思う。もっともこのシンクロはほかの作者同士に限っての話だ。てっきり意識に上ってこなかったが、『隠れた編集者』の作者私にも、霊のアプローチがこれまでに何度となくあった。だから、何のことはない、私と三浦、私と阪田との間では既にシンクロが起きていたのだ。

物書き、将棋指し、ギャンブラー

「月の輪くん」の最後のほうで、『隠れた編集者』の最後の数ページを書いていたとき云々と書いた。「上森さんの四冊目」が『隠れた編集者』の最後になると思っていたから、最後の数ページとは「上森さんの四冊目」の最後の数ページのことだった。正確には最後の約十ページと言うべきだが。

「上森さんの四冊目」を書き終えた二、三週間後、この「物書き、将棋指し、ギャンブラー」を書き始めた。

『隠れた編集者』を書き始めてそれほど経たないうちに、これは『ハムレットと熊本地震』と対を成す作物だという考えが定着してきた。「物書き、将棋指し、ギャンブラー」は『隠れた編集者』の必須部分と思われてきた。『隠れた編集者』と共鳴する重要な要素もあった。

「麻雀つながり」を書く途中、『ハムレットと熊本地震』で取り上げた色川武大との麻雀に関するシンクロに気がついていたが、事柄として小さかったので取り上げなかった。だがそれは小さな事柄ではなく、じつは氷山の一角の小ささだった。海面下にある氷山に目を向ける余裕がなかっただけだった。

二、三ヵ月経ったころ、色川についてのその「小さな事柄」を「麻雀つながり」に加筆した。すると、『ハムレットと熊本地震』で色川について書いたこととのつながりがよりはっきり見えてきた。そのあと徐々に色川への関心が意識下で高まっていき、結局以下のような作物になった。海面下の氷山が見えてきた。

○

これまでお前が読んだ世界中の短篇小説のなかからベスト・テンを選べと言われたら、色川武大の「ひとり博打」は必ず入れるだろう——そう思っていた年月が長くあった。

それほど気に入っていたのだから、ほかの色川短篇もどんどん漁るはずなのに、そうなっていなかった。代表作の『怪しい来客簿』（話の特集）に収録された短篇も部分的にしか読んでいなかった。それが発刊されてから現在までの約四十年の間に二、三度通読を試みたが、すんなり入っていけなかった。読まないうちから、目に見えない何かがページから放射してきて、辛いような気持にさせられた。

半年ほど前、新編の色川短篇集『友は野末に』(新潮社)中の「蛇」で存外な経験をした。色川の小学生時代が語られていて、ちょっと気にかかった一行があった。次の日になって理由が知れた。「胎児の羞恥心とフラワーレメディ」(『ハムレットと熊本地震』所収)で書いたので輪郭だけ述べるが、それまでずっと忘れていた私の小学生時代のことを思い出すとともに、色川の出生体験が反映していると気がついた。私の小学生時代のことも出生経験に支配されてのことだった。

にもかかわらず、『友は野末に』(新潮社)全篇は読まなかった。収録作の半数を読んだにとどまった。『怪しい来客簿』の影響が続いていたのかもしれない。『怪しい来客簿』から感じていたものを『友は野末に』でも心底で感じていたのかもしれない。

「蛇」を読んで半年近く経ったころ、色川の短篇を読みたくなり、ちくま日本文学全集「色川武大」を見ると、『怪しい来客簿』から四篇が収録されていた。うち一篇は、読んだあと既読だったと分った。そのあともう一篇を読むと、またしても、残りを読む気が失せていた。

同じ本の目次に「風と灯とけむりたち」という一篇があり、何か取っ付きやすそうだったので読んでみると、この短篇でも胎児記憶の反映が見られた。出生体験ではなく、その少し前の胎児記憶の反映だった。やはり彼の小学生時代のことだ(これも「胎児の羞恥心とフラワーレメディ」で書いたのでそれ以上触れない)。いまから思うと、この出生体験でないという要素がテレパシー的に作用して、取っ付きやすくしていたようだ。

その勢いを借りてまた『怪しい来客簿』を読みにかかったが、やはり今回も『怪しい来客簿』は三篇読めただけで、全十七篇のうちまだ七、八篇残った。やはり抵抗感や辛いような気持になった。

数日して分ってきた。これまで読んだ『怪しい来客簿』の収録作には出生前の記憶の反映はなかった。未読の諸篇にもないような気がした。だが、『怪しい来客簿』からは、色川がとりわけ出生時の苦しかった経験=記憶から解放されていないことがテレパシー的に伝わってきたので、読むのを辛く感じたのではないか。『怪しい来客簿』は出生時経験=記憶の最も強いプレッシャーの下で書かれたのではないかと思った。ということは、それを反映する作品が、未読の収録作にあるということかと思った。

そう考えると、色川の持病だったナルコレプシーとの整合性も見えてきた。ナルコレプシーとは、日中、発作的に眠ってしまう奇病だった。私はこれを出生外傷の現われと見ていた（『ハムレットと熊本地震』所収「胎児の羞恥心とフラワーレメディ」）。

産道にあって生まれるまでの間、胎児の私は眠りと覚醒を何度となく繰返した。心身に間断なく受け続けたプレッシャーのためだった。それが高じて数秒ごとに眠りと覚醒を繰返したときもあった。出生時経験を意識化して記述しようと努めていたときも、日に何度も眠ったり覚醒したりを繰返した。

ナルコレプシーは、出生時経験が未消化なまま再現的に表に出てきた現象と見られる。色川はナルコレプシーから終生解放されなかった。彼は、普通は家とか実家とか書くところを必ず生家と書いた。無意識的なマーキングだったと思われる。

色川は阿佐田哲也のペンネームで麻雀小説を書くようになったほど麻雀に深入りした。色川のようにほかのギャンブルまではやらなかったが、私も学生時代麻雀に耽った（現在もやらないわけではない）。当時の自分を振り返ってみると、賭け麻雀をすることと自己の運命ないし宿命的なものとを関係づけていた。そのさらに奥に、生まれつつあったときの記憶が潜んでいた。その経験＝記憶とギャンブルの最中の心身の緊迫的・浮動的状態とは深くつながり合っていたからだといまでは思われる。

色川にとってもギャンブルは同様な実存的意味合いを持っていたのではないか。色川が「ひとり博打」を書いたのも、私が「ひとり博打」をとても好んだのも、心底に残り続けていた出生体験への淡い悲しみを伴った感傷からだったと思う。

何年か前、「割り込み」という掌篇小説（『神奇集２』所収）で主人公の出身地の最寄り駅を東北の一関にしたことがあった。そのとき色川のことが浮かんできて、それで一関にした。一関は色川が東京から引っ越してまもなく死んだ土地だと知っていた。そんなふうに色川的ファクターを作中に引き入れたのは、色川との出生経験を通してのつながりに微かに気づいていたからのようにいまは思えてくる。

同様な微かなつながりを連想させる事柄がある。

一九六一年、色川は中央公論新人賞を「黒い布」で受賞した。選考委員には三島由紀夫が居た。三島はその十二年前、『仮面の告白』(河出書房)の冒頭で「永いあいだ、私は自分が生まれたときの光景を見たことがあると言い張っていた」と書いていた。

一九七〇年、三島は『仮面の告白』を書き始めたと同じ十一月二十五日に自死した。色川の「蛇」が書かれたのはその翌年だった。『怪しい来客簿』が雑誌に連載され始めたのはその三年後になる。「風と灯とけむりたち」はさらに十一年後になる。これは出生時でなく臨月期ころの経験=記憶を反映しており、胎内回帰的だ。その分だけ出生時経験から解放されていると言えるだろう。


ちくま日本文学全集「色川武大」の巻には、「男の花道」という一篇が収録されていた。何か歯が浮くような、趣味に合わない題名だったが、なかを見てみると、色川が交流していた将棋の芹沢博文のことが書いてあった。

私は囲碁・将棋やチェスに関心のないタイプだが、将棋番組でない何かのテレビ番組で観た芹沢の優男的風貌がそのとき微かに浮かんできて、「男の花道」などという題名の芳しくない印象が薄まった。読んでみることにした。

芹沢についてはほとんど知らなかった。ビートたけしが名付け親のたけし軍団の芸人に芹沢名人というのが居たから、芹沢も名人だったのだろうと漠然と思っていた。

だが「男の花道」によれば、芹沢は名人になれなかったようだ。小学六年のとき、飛車角二枚落ちだったとはいえ木村名人を負かした芹沢だったが、プロになって限界を感じるようになり、酒に溺れ、みずから死を引き寄せるような生き方をした。言動も放埒になった。芹沢名人という芸名は、そういう芹沢の風評が耳に届いていたビートたけし特有の批評だったのかもしれない。

私は車の運転は出来ないが、ハンドルに遊びがあることくらいは知っている。ハンドルの遊びの本質は何かと言えば、空転だ。人間の進化という観点から言えば、最高度の知力は必須条件ではないだろう。知力を最高度まで発揮出来るのは、それ自体が目的なのではなく、進化的観点から言えば空転である領域（逸脱的領域）で人を生かしておく慈悲のようなものではないだろうか。

従って、最高を極める必要はない。最高を争うのも要らないことだろう。言葉の一般的な意味での遊びでやるなら結構だが、本質的に空転であることに関し名人であることを欲するのは逸脱の極みではないか。名人だと驕るのもおかしいし、名人になれないとふてくされることもない。芹沢が小学六年生で最高度の棋力を発揮したとは、既に強烈な逸脱傾向を孕《はら》んでいたと言えないだろうか（芹沢の再来のように、十四歳の藤井四段が連勝記録を続けているのが、昨今連日のように報道されている。このシンクロは、私見が妥当であるとの示しのように思う。テレビで見る藤井棋士からは、破滅的傾向性は窺えないが）。

芹沢はギャンブルにも耽ったらしい。競馬場に来ていながらチンチロリンを同時にやったこともあったらしい。色川にとってギャンブルは出生体験と切り離せないと考えられたが、同じことは芹沢にもあてはまるのではないか。棋力を通しての小学生時代の逸脱傾向も、同じく出生経験と切り離せないのではないか。出生経験を直視しないため、そこから逃げるためだったのではないか。みずから死を引き寄せるようだった彼の生き方と、出生経験を直視せずそこから逃げようとする傾向は、互いに影を投げかけ合っていないだろうか。百手も二百手も先を読む知力の営み自体、持続的な逃亡傾向と見られなくもない。と同時に、心身に緊迫と浮動感が持続する共通性を通して再体験を求める傾向でもあったかもしれない。勝負がついたときが出生の瞬間とある程度パラレルになっているかもしれないが、核になっているのはあくまで、それまでの過程での心身の緊迫的・浮動的状況だろう。

芹沢は小学生時代に異常な棋力を発揮した。色川は小学生時代、後にみずから「蛇」で書いたような異常な振舞いを続けた。二つとも、根っこは同じだったと言えると思う。一方は逸脱的、一方は曲がりなりにも表現的で方向性がちがったが、両者ともギャンブル志向だった。

芹沢は五十一で死んだ。それから二年後、色川も死んだ。死にまつわる両者のこのシンクロは、両者の出生にまつわるシンクロと照応しているように思う。

以上の文章を書いたあと、『怪しい来客簿』所収の「門の前の青春」を読んだ（読み残しがまだ数篇ある）。地面というものは平たいものと思っているので、新幹線の車窓から見える富士山や伊吹山が怖いと色川は書いていた。これはおそらく、陣痛が始まったときの子宮内の激動の経験＝記憶から来ている。高い大きな山の姿は新幹線の進行によって動性を帯びるとともに、子宮内で隆起と沈降を激しく受け続けた経験＝記憶とつながり合ったのだと思う。

色川もこう書いていた。「自然というものは、今、静止しているからといって、次もそのままでいるという保証をよこさない。」子宮内の陣痛（激動）に不意を衝かれた過去の経験が心底に生き続けているような言葉ではないか（これと同類の反応は谷崎潤一郎の言動や作品からも窺われた――『生まれる前の記憶ガイド』所収「妊婦と胎児の心的交流について」。『脳・胎児記憶・性』第二部1など）。

色川にとって生家という言葉は出生経験と結びついているという意味のことを先述した。「門の前の青春」では、それを書いていたころ見た夢で「生家の周辺に山が出てくる」と述べている。出生経験を反映する夢として道具立てが揃っていると言える。

だが、富士山や伊吹山を怖く思うとは、経験＝記憶が心底に相当強く喰い込んでいるということだろう。その喰い込み方の別の痛ましい現われがナルコレプシーだったのだろう。『怪しい来客簿』をろくに読まないうちから私が感じた辛さは、この喰い込み方に無意識ないし本能的に感応していたゆえだったのだと思う。

「生家の周辺に山が出てくる」夢では、生家の四方に山が見えている。この風景からは別の経験＝記憶も見えてくるように思う。言い換えると、この夢は複合的なものかもしれない。

というのは、子宮内で意識が目覚めたごく初期のころ、内なる視野を山とも丘とも言えるものが重畳と遠くまで占めている風景がしばらくの期間観えた。顕微鏡的ないし微視的に子宮内壁が本能的に見られていたと考えているが、同様な記憶を反映していると思える表現はサミュル・ベケットの『モロイ』（集英社）や金井美恵子の「燃える指」にあった（『生まれる前の記憶ガイド』所収「二十世紀と胎児記憶」）。「門の前の青春」中の「生家の周辺に山が出てくる」夢も、こんな胎児期初期の記憶がにじみ出ている可能性が想像される。

「門の前の青春」の最後にはもう一つ、色川が繰返し見た夢が語られているが、それにも反映が見られると思う。この夢も生家が舞台だ。

生家へ訪ねてくる旧友と塀に登って並んで腰かける夢――「何にもすることがないし考えることもない。いいこともしないし悪いこともしない。誰を愛することも愛されることもない。水の中に居るような一刻をすごし、いつのまにか私は家の中に戻っている。」

色川はこれを、戦時下での制限された生存に由来した夢と見ている。それを否定はしないが、「水の中」は胎児にとっての子宮――出生時の子宮や産道でなく、体がギュウ詰めになった臨月期でもなく、安息的な羊水で満たされていた時期の子宮であり、胎内回帰的なこの夢は、戦時下の心理的避難所にもなっていたと思われる。

すると、「生家の周辺に山が出てくる」あの夢は、胎児期初期の平穏な環境を象徴していたと見れば、色川を癒していたことになる。と言うか、「生家の周辺に山が出てくる」あの夢は、富士山や伊吹山を怖れるような日中の意識様態を癒すためのバランス化だったと考えられる。事実、夢のなかのこの山を色川は富士山や伊吹山のようには怖れなかった。
以上の文章を書き終わらないうちに『怪しい来客簿』に手が伸びた。読みにかかっても辛い気持にならず、未読の数篇全部をそのまますんなり読み終えることが出来た。『怪しい来客簿』で出生体験ないし胎児記憶を反映していたのは「門の前の青春」だけだった。

以上の文章を書いていた最中、『ハムレットと熊本地震』に収録の「胎児の羞恥心とフラワーレメディ」で書いた色川に関する思い出が浮かんできた。三十数年前、西荻窪駅に近い横断歩道で信号待ちをしていると、向かい側の茶舗の奥に居た色川に、信号が変わって歩き出してからもどういうわけか（何か観えていたのか）興味深げに注視され続け、頬がピクピク攣《つ》った。そんなふうに注視され頬が攣ったこともあれば、自分のほうが注視して相手の頬を攣らせたこともあったと思い出した。

色川に注視された何年かあとの昼下がり、新宿駅の山手線ホームで電車を待っていると、向かいの閑散としたホームで電車を待っている男性に見覚えがあった。生身を見るのは初めてだったが、写真やテレビで知っていた北杜夫だった。北は一人でホームの縁に立っていた。ちょうど真向かいに居た。無遠慮に注視すると、なめし革のような色艶をした彼の頬がピクピク攣った。
後年、北杜夫にも胎児記憶を反映する作品があるのを見出し、『胎児たちの密儀』で取り上げた。それを思い出すと、街なかでの北や色川との対面的な出会いにもそれなりの縁があってのことだったと思えてきた。あれら二つのケースもシンクロニシティだったと。ちょうど真向かいに北が立っていたのも象徴的だった（色川のときも彼は真向かいに居た。真向かいの奥に居た（この二例の真向かい現象では、私ともう一人との中間点にゼロ点があったということではないか）。

北については後日譚があった。新宿駅でのことがあった何年か後のある日、アパートの郵便受けに入っていたハガキを手に取ると（一体これは何なんだ……）と思った。裏面全体に文言が印刷されていて、その文言に万年筆のよろよろとした黒い線がかぶさったり、行間に行ったり、また文言にかぶさったりしていた。

万年筆の線が入っていない行間に、新著の『胎児たちの密儀』を受け取った礼が述べてあり、小生の作も取り上げられていますが、三島さんは尊敬していますので読もうと思っていますとあった。

北杜夫からだった。人気作家だった彼に意見や批評を書いてくる読者が多くて対応しきれないらしく、あなたの意見を尊重するにやぶさかでないが、どうか放っておいて下さいと印刷されていた。

以上の文章を書いた二、三週間後、伊集院静に『いねむり先生』（集英社）というのがあるのを思い出した。色川をモデルにしていると一、二年前友人のUが言っていたのを思い出し、読みにかかった。ちょうど藤井四段の連勝記録が二十九で途絶えた日だった。Uは伊集院のファンだったが、私は伊集院のものは短篇を二つほどしか読んでいなかった。

ギャンブルにのめり込む伊集院が描かれており、色川のギャンブルと同じくこれも出生外傷の現われかもしれないと思った。そんな〈同病〉同士の宿縁が透かし見えてくるかもしれないと思った。

色川と二人で競輪に行った四国の釣り宿の主人はギャンブル好きで色川を敬愛しており、「あの人は宝じゃから」と色川のことを伊集院に言うページがあった。ギャンブルの現場は、心身の緊張と浮動的状況を通して出生時とつながっている。この世とあの世の中間的存在状態である出生時経験は一つの浮動的状態だ。この認識から疎隔されていた釣り宿主人は、名高いギャンブラー色川から連帯感情を刺激されるとともに、ギャンブラーの実存的存在状況を集約し背負い込んでくれている人物のように映っていたのだろう。それが「あの人は宝じゃから」だ。
七、八割方読み進んだところで、伊集院が幌馬車に追い詰められる幻覚=幻想に囚われるページがあった。出生外傷の匂いがするように思った。列車の車輪に巻き込まれるのを異常に怖れる人は産道体験に支配されているとグロフが書いていたのを連想したのだ。私自身はそんな怖れを抱いたことはなかったが、体が絞られるようだった産道での感覚から推してありそうなことだとは思っていた。伊集院は十歳のとき分裂症と診断されたとそれ以前のページで書いていて、それも出生体験と関係があるように思っていた。
二、三十ページあとで、伊集院が色川にその幻覚=幻想のことを話すと色川はちゃんとその話を聞いてくれたことに驚いたと伊集院は書いていた。伊集院の幻覚＝幻想が出生体験から来ていたとすれば色川が関心を持つのは自然な成り行きというものだろう。

そればかりか色川は伊集院に、自分も同様な幻覚＝幻想に襲われると話していた。色川の場合は機関車で、まさにグロフが言ったように轢死させようと襲ってくると色川は伊集院に語っていた。このとき伊集院は色川に、自分の幻覚＝幻想体験を、十歳のとき診断された分裂症と関連付けても話していた。

伊集院はこんな表現もしていた——「車輪の軋む音が生きもののように耳の底に響いていた。」「馬車の群れに取り囲まれてしまう」とも。二人は親子のように仲がいいと旅先で評されたほどだった。

二人が一緒に新潟の競輪に行き、山里の宿を訪れた夜、伊集院にあの発作が始まる。「たくさんの幌馬車の車輪の音と蹄の音が地響きのようにひろがっていた。」そして「四つん這いのまま泥水の中を右に左に駆けずり回る。」出生時の産道はまさに「泥」でまみれている。ベケットの『事の次第』（白水社）のモノローグの主も泥道を腹這いで進む。生まれつつあったときの私も、果てない泥道の上を進んでいる感じだった。唇にスープ状の泥のようものが入り込もうとするのが嫌で、手で拭おうともした。『事の次第』のモノローグの主も同じ仕草を泥道でする。

「泥水の中に埋まっていた」伊集院の両手は、色川の両手に包まれ「静かに持ち上げられ」る。色川はおのずと取り上げ婆さんを演じていたかのようだ。このおかげで伊集院は、取りつかれていたものから解放される。

色川を産婆役としたここまでのプロセスは、作品の最後の四分の一で進行する。収斂的だ。心底にあった出生体験が色川のそれと共有され、融合する。

だからこそ伊集院は癒され、解放されたのだ。色川も癒すことによって癒された面があったのではないか。伊集院の最初の小説が、磯の岩場に体がはまり込んだまま満ち潮のため死なんとする情況を描いたものだったのは象徴的・暗示的だ。その小説を色川がほめたのも。

発作から解放されたあと伊集院は色川に招かれて水田に入り、祝祭のように泥水を撒き散らしたりかけ合ったりする。この泥水を通しても二人は出生体験の浄化に与っていたように思われる。既に一九三〇年代初め、二十代のベケットは評論「プルースト」でレオパルディのこんな詩句をエピグラムにしていた——「そして世界は泥だ」（楜沢雅子訳）

伊集院に『いねむり先生』があると教えてくれたのはUだった。Uの誕生日は私がパリでベケットに会うときベケットが指定した日と同じだったのは「名前の引力」で書いた。何年か後、Uは自分の会社が企画したローマ・パリのツアーに夫婦で行った。パリでUが投宿したのは、ベケットが私と会う場所として指定したホテルだった。何というつながり方だろう。

伊集院は『いねむり先生』で、例の発作のときは「時間の調子がおかしくなる」と言っていた。いまし方挙げた、Uやベケットや伊集院にまつわる事象のつながり方も「時間の調子がおかしくなる」結果だろう。そうなったとしても、こちらまでおかしくなる必要も義務もない。「時間の調子がおかしくなる」のは、高尾説で言うゼロ場に意識が置かれているからだろう。ゼロ場はおそらく、時間の支配を受けない次元の窓になっている。あの世とこの世の境界で起きる出生経験でも時間の支配を受けない次元とリンクしているのではないか。そのつながりが充分でないと（時間が支配する次元に意識が囚われ過ぎると）その反動として伊集院や色川のような発作となって現われるのではと思われる（色川は、死後の世界はあるのだろうかという疑いをどこかで洩らしていた）。

十数年前に五十代で死んだ私の友人も競輪好きだったのを思い出す。勤め人だったから色川や伊集院のように四国まで行くほどではなかったが、関東の競輪場には当たり前のように行っていた。ときには泊りがけで。

そんな彼から、同じギャンブルでも競馬などとちがい、競輪は人間の肉体運動が直接関係していることから、出生とのつながりを感じたことがないではなかった。だが『いねむり先生』を通してつながりがもっとはっきり見えてきた。

この友人は、「名前の引力」で触れた、私の母と似た名前の友人だ。母とのこの名前のシンクロは、彼の出生体験と競輪とのつながりと微かに共鳴し合っている感じがする。

彼は競輪旅行と称して都内の自宅から小田原や平の競輪場へ出かけた。新潟にも行ったように憶えている。競輪が出生体験とリンクしているなら、泊りがけになるほどに遠い競輪場までの行程は、遠い他界から母胎内に入るまでの行程を象徴しているように思える。

推理小説とミステリー

六月二十四日は姪の結婚式が都内でおこなわれた日だったが、その日は高尾博士の七十四歳の誕生日でもあった。姪の結婚相手の苗字は、博士と親しく交流している人の苗字と同じだった。この人とは博士の結婚披露宴で私もお話ししたことがあったから、披露宴シンクロとも言えた。

シンクロはまだあった。博士と私は中学時代卓球部だったが、姪は中学、高校、大学と卓球部で、大学では卓球部をみずから働きかけて創部し、揚句に卓球用具の会社に就職した。

妹夫婦は披露宴が長引いたので終わる前に会場を出て新幹線で金沢に帰った。その翌日の昼、妹の夫と下の名前が同じ友人と新宿の紀伊國屋書店前で待ち合わせた。

着いたとき少し時間があったので書店に入り、文庫本フロアを覗くと、小さなポスターの「命を削って書き上げた最高の作品」との惹句《じゃっく》が目に止まった。泡坂妻夫の『湖底のまつり』（東京創元社）に対する綾辻行人のコピーだった。前に泡坂作品を幾つか読み、『蔭桔梗』（新潮社）などに感銘を受けたので読んでみようと思った。

読み終えて、綾辻のあのコピーは大げさだと思った。命を削ったかもしれないが、作り物感が目立ち、「最高の小説」というほどではないと思った。そのあとネットで泡坂を検索すると『生者と死者』というのが新潮文庫にあると知った。題名から霊的要素が連想され、興味を引かれた。しばらくして町外れのスーパーに行ったとき、その隣の書店に半年ぶりくらいで入ってみると『生者と死者』があり、もう一冊求めていた文庫本の伊集院静の『いねむり先生』もあった。

『いねむり先生』を読んで「物書き、将棋指し、ギャンブラー」の後半部分を書いた。そのあと、ニュートリノに質量があることを証明してノーベル賞を受賞したケースのことが浮かんできた。

ニュートリノは肉眼では見えないが、高精度の顕微鏡では見える。見えるものに質量があって当然ではないかと思う。それなら、ニュートリノに質量があると分るとどうしてそれほど評価されるのか。それについて一つの考えが浮かんできた。

ヒッグス場という、これもノーベル賞を受賞した説がある。イギリスのヒッグスが唱えた説だ。素粒子や量子が活動する場についての説。このヒッグス場に新たな光を当てたのが高尾説のゼロ場だ。ゼロ場とは、あの世からこの世へ来るエネルギーとこの世からあの世へ行くエネルギーが出合う場だ（ヒッグスはあの世次元やそこからのエネルギーに言及していない）。

この世のエネルギーは物質的で質量を持つ。あの世のエネルギーは質量を持たない。ニュートリノはこの世で発現する量子エネルギーなのだから質量を持つという論理に当然なるはずだ。ニュートリノが質量を持つことを明らかにしようとしたのは、研究者の意識自体が質量を持たないエネルギーと常に交流しているからと言える。そんなエネルギーに常に染まっているからこそ、ニュートリノに質量があるのか疑われたと言える。

注目すべきなのはその点であり、ニュートリノの質量自体ではなく、質量を持たないエネルギーのほうなのだ。しかしいったんニュートリノに質量があると明らかになると、質量を持たない次元やエネルギーを否定しさえする方向に傾く。そういう否定傾向そのものを疑おうとはなかなかならない。上界（高次元界）の存在を認めない（認められない）人が、ニュートリノに質量があるという発見に酔う。

大体そんなようなことを考えて、泡坂の『生者と死者』を読みにかかった。

私は推理小説ないし探偵小説をミステリーと呼ばない。推理小説には手品ないし奇術と同様にタネがあるからだ。そのタネは物質界に属する。従って、手品ないし奇術も私はマジックと呼ばない。呼びたくない。マジックは魔術であるように、ミステリーとは神秘のことだ。泡坂の『生者と死者』も『湖底のまつり』もミステリーではなく推理小説と言うべきだ。

江戸川乱歩はかつて、探偵小説の要件十カ条とかいうのを提出した。そのなかに、トリックを心霊現象に帰さないという要件があった。言い換えれば、心霊現象というものがあるかどうかを不問にしたまま探偵小説ないし推理小説は洗練され発展してきたと言えるだろう。これから述べるように、泡坂の『生者と死者』はその極限的作品となっている。

興味深いことに泡坂は奇術師でもあった。推理小説家となる前に奇術師だった。既に述べたように、奇術師は魔術師ではない。泡坂は魔術師でないと同時に神秘家でもない存在——奇術師兼推理小説家という特別なパーソナリティだった。

奇術師になろうとする者は、超常現象を疎外する(ないし疎外される)資質の持ち主と言える。『生者と死者』でも、奇術であって超能力ではなかったという結論になっている。筋立てもその線に則っている――超能力を信じない量子力学者VS超能力信者というかたちを取っている。高尾博士は、超能力を認める量子力学者だ。それだから、博士の誕生日の翌日に泡坂の『湖底の祭り』を手にし、それを読んだあとニュートリノの質量のことが浮かんできて。そのあと『生者と死者』を読みにかかったという成り行きには偶然と思えないものを感じる。以下に述べるように、『生者と死者』は高尾説と関係がある。

『生者と死者』の造りはきわめて特異だ。本文約二百ページが十数ページずつ袋綴じにされている。だから、そのままで読むことが出来るのは袋綴じの外側のページだけで、それらを順に読むと短篇小説になっている。袋綴じを切り離すと、全ページは『生者と死者』を構成し、短篇小説は全体に溶け込んでしまう。「あとがき」によれば、こういう造りを最初に構想したのは、狩久《かりきゅう》という推理小説家で、四十年くらい前のことらしい。

私はこの面倒なページ切り離し作業に閉口した。だが、この造り自体が『生者と死者』という作品自体の状況や現代の量子力学的状況と対応していると思った。『生者と死者』は、推理小説が扱う内容が頭打ちになり、製本的レヴェルに退行した事象と見ることができる。最初の構想者狩久は最初の（ないし早期の）退行者だったと見られる。

しかし、それは退行であると同時に進化的要素も呈していた。高尾説のゼロ場（ゼロ点）が互いに反対方向のエネルギーをつなげているように、この場合の退行は超物質次元へのアプローチにもなっていた。泡坂は『生者と死者』を書くことを通して反対方向のエネルギーと交流していたと見られる。乱歩が探偵小説から遠ざけた心霊的領域に最接近していたと見られるのだ。その意味で『生者と死者』という題名は意味深長だ。これについて述べるには少し回り道しなければならない。

『生者と死者』には、泡坂が登場人物名を書き違えているページがあった。トリックを説明する箇所なので（おやっ⁉）とちょっと驚いた。校正ミスでもある。「本文の行数と字数が定められて、特別製の原稿用紙が届いた。一字の狂いがあっても成りたたなくなる」と泡坂は「あとがき」で述べているから、彼も疲れ切っていたのだろう。平成六年の初刷りで、二十六年に十刷りとある。正しい登場人物名は前後からすぐ分るので、読者は気づいてもいちいち版元に知らせないのかもしれない。二十年間そのままになっている。泡坂への慰労とも取れないことはない。１９０Ｐだ。

「わたしとシルヴィアさんは、千春さんの身体を改めました。勿論、超能力の助けになる、怪しい道具など身に着けていないかを調べるためでした。でも、それが性別の改めにもなりましたね。千秋さんは立派な男性でしたわ」文脈から言って、「千秋さん」は「千春さん」とすべきだろう。千秋は作中では女性であり、彼女によく似た弟が千春だ。あるいは「千秋さん」は、「千秋さんと見せかけた千春さん」とすべきだろう。

泡坂は「あとがき」の最後でこう書いている。自宅のベランダの隅にキジバトの卵が二つあった。転がらないよう、小枝のようなものが三、四本並べられていて、それがキジバトの巣になっていた。

それを見ていると「じわじわと胸が熱くなってしまった」。現代人の書く推理小説も、ある存在から観ればキジバトの巣のようなものかもしれない。私のこの文章もまた。

『生者と死者』を読み終えると一つの仮説が浮かんできた。『生者と死者』も『湖底のまつり』も、女と見えて男、男と見えて女という、外見と内実の相反という事象を作品の核にしていた。これは、私がエーテル体的異性像と造語した現象とつながるように思われた。肉体男性のエーテル体（生命体）は女性であり、肉体女性のエーテル体は男性であるというシュタイナーの所説に拠《よ》った造語だった（これについては「犀星とエーテル体女性」や「『脳・胎児記憶・性』補遺」などで述べた）。『生者と死者』は、推理小説の物質次元的内容が頭打ちになった状況を示していたから、そんな作者が肉体次元と接したエーテル次元の事象（言い換えれば、泡坂自身の肉体と共存している女性的生命体）に無意識的に交流するのは成り行きとしてはむしろ自然ではと思った。

事実、『生者と死者』の文庫本解説を担当した縄田一男によれば、『生者と死者』と同じ年に刊行された『弓形の月』では、泡坂はアンドロギュノス（両性具有）を扱っている。『湖底のまつり』や『生者と死者』の進化形・発展形と見ることが出来る。綾辻行人が『湖底のまつり』を最高の作品と評したのも、彼自身の内的女性と強く共鳴し合ったからかもしれない。

『生者と死者』も『湖底のまつり』も推理小説と先述したが、ミステリーのとば口に立った推理小説と訂正すべきだろう。

泡坂が『生者と死者』の１９０Ｐで登場人物名を書き違えたのは疲れ切っていたのだろうと書いたが、別の可能性も見えてくる。泡坂の内なる女性が自己を主張し、疲れ切った彼はそれに誘導されて「千秋さん」と女性名を書いた可能性だ。

だとしたら、書き違いが二十年間も放置されたのは幸運だった。校正者も読者も私に協力してくれたかのようではないか。それとも、私に協力してくれたのは校正者や読者の内なる異性たち同士のテレパシー的連繫だったと言うべきか。

ある顛末

「推理小説とミステリー」を書いた一ヵ月後、いつだったか泡坂にまつわるシンクロがあったと思い出した。家紋の抱き茗荷に関するシンクロだったと憶えていた。

調べてみると二年前の四月のことで、泡坂の小説「折鶴」を読むと、抱き茗荷という紋章が挙げられていた。名を知ったのも初めてで、どんな紋章かも知らなかったが、二日後上森さんのブログを見ると、抱き茗荷の写真が大きく掲載されていた。上森さんによれば、この紋で抱き合わせに配された二つのミョウガはじつは二匹の魚だそうで、そのあと上森さんはイエスの事績について書いていた。魚はイエスのシンボルと目されているので私は高尾博士へのメールで二匹の魚を示す双魚宮（魚座）のシンボルマークと抱き茗荷はつながり合うと書いていた。

抱き茗荷にまつわる二年前の泡坂―真名井―上森のシンクロ。今回の泡坂―真名井―高尾にまつわるシンクロ。高尾と上森との縁は深いので、四者が環を形成することになるだろう。二年前のシンクロの構成要素だったイエスは、「上森さんの四冊目」で真名井が述べたこととも響き合う。

この二、三ヵ月、日の進みが渋滞しているというか、のろいような感覚がずっと続いていた。日の進みが足止めを喰っているような奇妙な感覚。それでいながら（だからこそと言うべきか）執筆は円滑で、普段の倍くらい進捗していた。

「上森さんの四冊目」を書き終えたら、この渋滞的な、のろいような感覚は解消するのではと思っていた。だが、そうはならなかった。

「物書き、将棋指し、ギャンブラー」を書き終えるころになってそれが解消していく感じが出てきた。色川と伊集院のことがあの奇妙な感覚とかなり強くリンクしていたようだ。色川＝伊集院のシンクロニシティが潜んでいたことが、あの奇妙な時間感覚とリンクしていたようだ。

執筆の進捗ペースは衰えていない。「推理小説とミステリー」はその現われだ。あの奇妙な渋滞感、のろさを感じなくなったのは、存在しなくなったのではなく、慣れて空気のような存在になっているからかもしれない。

この二、三ヵ月間、定常的な、かなり大きな特殊なゼロ場に取り巻かれていたのかもしれない。

さながら、胎児を取り囲む羊水のように。この羊水を用意してくれたのは〈隠れた編集者〉ではないかと思う。

前段までの文章を書いたのは八月中旬で、『隠れた編集者』はこれで終わりと思っていた。「間奏曲」を書いたときも、『隠れた編集者』はあと数篇書けば終わるように思っていた。だから、「間奏曲」という題はあまりピッタリしないと思った。あと数篇続くのだから間奏曲でないとまでは言えなかったが。

その後、案外と長く後続していくので、終わってみれば「間奏曲」は全体の真ん中くらいに位置しているかもしれないと思えてきた。ちょうど真ん中になったら面白いなと思った。

前段まで書いた時点で「間奏曲」より前の篇数は十七だった。「間奏曲」のあとから「この二、三ヵ月」までは、一つ足らない十六だった。

それから一ヵ月半ほどの間、前段までで述べたのとはまた異なった、しかしやはり一種の渋滞感と言うべきものが、こんどは日常的感覚というよりもっぱら執筆にまつわるものとして持続した。一体何なのだろうとときどき思ったが、抵抗することなくこの状況を受け入れようとは心がけた。

十月初頭、以下の「抱き茗荷と折鶴」を書き、『隠れた編集者』の棹尾《とうび》を飾らせることにした。『隠れた編集者』という題名にきわめてふさわしい内容だ。しかもこの一篇で「間奏曲」のあとは十七篇となり、「間奏曲」の前と同数の十七になった。

日の進みがのろい感覚が二、三ヵ月続いたと前段で書いたが、あれも「抱き茗荷と折鶴」で現実になろうとしていたものへの心の逸《はや》りだったのかもしれない。

「間奏曲」を挟んで前後十七篇ずつの構成。それぞれの十七に「間奏曲」の一を足すと十八になり、「上森さんの四冊目」で頻出した十八と数霊シンクロする。

面白いシンクロが起きていた。書斎の本棚は著者名のアイウエオ順に並べてあるが、『いねむり先生』と『生者と死者』は本棚で隣り合っている。『いねむり先生』について書いた「物書き、将棋指し、ギャンブラー」と、『生者と死者』について書いた「推理小説とミステリー」がこの『隠れた編集者』で隣り合っているように。

抱き茗荷と折鶴

「ある顛末」を書いた二日後、上森さんのブログを見ると、端のほうのコラムに折鶴という文字があるのが目に入ってきた。日本地図の幾つかの由緒ある地点を結ぶと、巨大な折鶴の形を呈するとこのブログで前に読んだことがあったと思い出した。またもシンクロしたと思った。抱き茗荷のことを書いていた泡坂の小説は「折鶴」だったからだ。言霊シンクロだ。

それから三週間ほど経った九月一日、上森さんの『不死鳥のあしあと』（株式会社T．T．C）がレターパックで届いた。折鶴と題したページがあり、折鶴の形を日本地図上で上森さんが見出したのは二〇一六年三月とあった。時間の流れに沿って書くと、私が泡坂の「折鶴」を読み、抱き茗荷という名称を知ったのは二〇一五年四月で、その一、二日後、上森さんのブログで抱き茗荷の紋章図がアップされた。その一年後、上森さんは日本地図上に折鶴の形を見出したことになる。

折鶴は『不死鳥のあしあと』に具体的に図示されていた。折鶴の二つの羽根の尖端に位置するのは伊勢神宮の内宮と出雲大社。モーセの陵墓があるらしい丹後半島の山頂が折鶴の頭部尖端。室戸岬を尾の尖端とすると、丹後半島から室戸岬まで、途中、折鶴の背に当たる幾つかの山を通り、淡路島の伊弉諾神宮なども結び合わせると、折鶴の形になる。

配達員から『不死鳥のあしあと』の入ったレターパックを受け取って二階に上がり、書斎への襖に手を伸ばす寸前、（おや⁉）と思った。そこは薄暗い通路だったが、レターパックのあたりから淡い萌黄色をした霧のようなものが太い帯状（ないし蛇体状）にフワッとひろがって芳香が湧いた。何の匂いだったかは言いようもないが、明確な芳香だった。前の日、上森さんのブログを読むと、上森さんは出来上がってきた『不死鳥のあしあと』にテラファイトを丹念にかざしたと書いていた。本の梱包にそうしている写真も載っていた。あれと関係があったのではと思う。

上森さんは抱き茗荷の二つの茗荷はじつは二匹の魚だと述べていた。言われてみれば抱き茗荷の茗荷は魚体に似ている。よく知られているように魚はイエスの象徴だから抱き茗荷はイエスを暗示しているとみなすと、丹後半島にあって折鶴の一端に位置するというモーセの墓とのつながりも浮き上がってくる。それは、上森さんのブログを通して私に起きた折鶴と抱き茗荷とが絡んだシンクロと響き合うかのようだ。

それだけではない。この国にはモーセの墓があると言い伝えられている場所もイエスの墓と言い伝えられている場所もある。抱き茗荷と折鶴のシンクロは、イエスとモーセの墓の実在をも示唆しているかのようだ。

上森さんによればモーセの墓は丹後半島の山頂にあったが、イエスの墓は兵庫県神河町の山頂にあるらしい。

ところで、上森さんは何がきっかけとなって日本地図上に折鶴の形を見出したのだろう。

上森さんはブログでしばしば、空海からのアクセスがあると書いている。空海の声が聞こえてくるとも。そもそも上森さんが『不死鳥のあしあと』で挙げられているようなイエスやモーセや日御子に関わる山や神社を訪ねるようになったのは、アクセスしてきた空海に強制されたのが始まりだった。以来上森さんは、空海が現代に知らせようとしていること——イエスやモーセがかつてこの国を平和に治めた長い時代があったことを伝えてきた。上森さんが日本地図上に折鶴の形を見出したのも空海に示唆されてだったのではないだろうか。この場合、空海から示唆されたと上森さんは意識しなかった可能性はあるとしても。

一年数ヵ月前、私にも空海からのアプローチと思われる現象があった。これについては『ハムレットと熊本地震』所収の「不可思議な音」で詳しく書いた。また、半年前にも空海からのアプローチと思われる事象を経験していた。これについては「音のシンクロ」で書いた。

抱き茗荷という紋章があることを泡坂妻夫の「折鶴」で私が知ったのは二年半前だった。その一、二日後、上森さんのブログで抱き茗荷がアップされた。抱き茗荷は上森さんの家系の紋章だった。このときも空海は上森さんの意識に働きかけて抱き茗荷をアップさせたのではと思う。私が抱き茗荷のことを「折鶴」で読んだわずか一、二日後に上森さんが抱き茗荷をブログでアップしたというタイミングはそのことを示唆しているように思う。

上森さんが日本地図上で折鶴の形を見出したのはその一年後の三月だったが、「不可思議な音」で書いた、私に対する空海からの示しと思われる現象があったのはその三ヵ月後だった。さらにその一年後（半年前のことだが）「音のシンクロ」で書いた、同じく空海からと思われた示しがあった。

空海は、抱き茗荷と折鶴のシンクロニシティに始まる以上の経過全体を主導していたと考えられる。私は二年半前からそれと知らず空海＝上森さんと連繋していたようだ。何のための連繋？イエスやモーセや日御子がこの国でかつておこなったことを広く知らせようと上森さんがこれまで公表してきたことの真実性が別角度から照らし出されるように。

ひょっとして、「上森さんの四冊目」で述べた神武シンクロニシティにも空海が関与していたのだろうか。あの神武シンクロニシティに関連しては、十八という数について幾つかのシンクロがあった。上森さんは、日本地図上で折鶴の形を見出したのは三月の十八日だったと書いている。

隠《かく》れた編集者《へんしゅうしゃ》

真名井拓美《まないたくみ》

明窓出版

平成三十年六月二十日初刷発行

発行者 ―― 麻生 真澄

発行所 ―― 明窓出版株式会社

〒一六四―〇〇一二
東京都中野区本町六―二七―一三
電話 （〇三）三三八〇―八三〇三
ＦＡＸ （〇三）三三八〇―六四二四
振替 〇〇一六〇―一―一九二七六六

印刷所 ―― 中央精版印刷株式会社

ISBN978-4-89634-387-8

ホームページ http://meisou.com

◎ 著者プロフィール ◎

真名井拓美（まないたくみ）
1950年、石川県生まれ。早稲田大学第一文学部文芸科卒。

著作リスト（＊は私家版）
『ハムレットと熊本地震』（明窓出版）
『凝集するシンクロニシティ　神奇集３』（明窓出版）
『神奇集２　シックスセンス・ファイル』（明窓出版）
『神奇集　シックスセンス・ファイル』（明窓出版）
『見えない次元』（＊）
『脳・胎児記憶・性』（＊）
『明智小五郎の秘密』（＊）
『生まれる前の記憶ガイド』（審美社）
『複脳体験』（たま出版）
『胎児の記憶』（三一書房）
『胎児たちの密儀』（審美社）
『ニミッタ』（審美社）
『ベケットの解読』（審美社）